श्रीलाल शुक्ल

श्रीलाल शुक्ल का जन्म 31 दिसम्बर, 1925 को लखनऊ, उत्तर प्रदेश के अतरौली गाँव में हुआ। उन्होंने इलाहाबाद विश्वविद्यालय से स्नातक किया।

उनकी प्रमुख कृतियाँ हैं—'सूनी घाटी का सूरज', 'अज्ञातवास', 'राग दरबारी', 'आदमी का ज़हर', 'सीमाएँ टूटती हैं', 'मकान', 'पहला पड़ाव', 'बिस्रामपुर का सन्त' (उपन्यास); 'यह घर मेरा नहीं', 'सुरक्षा तथा अन्य कहानियाँ', 'इस उम्र में' (कहानी); 'अंगद का पाँव', 'यहाँ से वहाँ', 'मेरी श्रेष्ठ व्यंग्य रचनाएँ', 'ख़बरों की जुगाली', 'उमरावनगर में कुछ दिन', 'कुछ ज़मीन पर कुछ हवा में', 'आओ बैठ लें कुछ देर', 'अगली शताब्दी का शहर', 'जहालत के पचास साल' (व्यंग्य); 'अज्ञेय : कुछ रंग कुछ राग', 'कुछ साहित्य चर्चा भी' (आलोचना); 'भगवतीचरण वर्मा', 'अमृतलाल नागर' (विनिबन्ध); 'श्रीलाल शुक्ल संचयिता' (संचयन); 'बब्बर सिंह और उसके साथी' (बाल-साहित्य)। 'पहला पड़ाव' अंग्रेज़ी, 'मकान' बांग्ला और 'राग दरबारी' सभी प्रमुख भारतीय भाषाओं सहित अंग्रेज़ी में अनूदित है।

उन्हें 'ज्ञानपीठ पुरस्कार', 'साहित्य अकादेमी पुरस्कार', 'व्यास सम्मान', 'साहित्य भूषण सम्मान', कुरुक्षेत्र विश्वविद्यालय के 'गोयल साहित्य पुरस्कार', 'लोहिया अतिविशिष्ट सम्मान', म.प्र. शासन के 'शरद जोशी सम्मान', 'मैथिलीशरण गुप्त सम्मान' से सम्मानित और 'पद्मभूषण' से अलंकृत किया गया।

निधन : 28 अक्टूबर, 2011

उमरावनगर में कुछ दिन

श्रीलाल शुक्ल

राजकमल पेपरबैक्स

पहला पुस्तकालय संस्करण
राजकमल प्रकाशन प्राइवेट लिमिटेड द्वारा
1988 में प्रकाशित

राजकमल पेपरबैक्स में
पहला संस्करण : 1988
सातवाँ संस्करण : 2023

राजकमल पेपरबैक्स : उत्कृष्ट साहित्य के जनसुलभ संस्करण

राजकमल प्रकाशन प्रा. लि.
1-बी, नेताजी सुभाष मार्ग, दरियागंज
नई दिल्ली-110 002
द्वारा प्रकाशित

शाखाएँ : अशोक राजपथ, साइंस कॉलेज के सामने, पटना-800 006
पहली मंजिल, दरबारी बिल्डिंग, महात्मा गांधी मार्ग, प्रयागराज-211 001

वेबसाइट : www.rajkamalprakashan.com
ई-मेल : info@rajkamalprakashan.com

बी.के. ऑफसेट
नवीन शाहदरा, दिल्ली-110 032
द्वारा मुद्रित

मूल्य : ₹ 199

UMRAVNAGAR MEIN KUCHH DIN
Satirical Stories by Shrilal Shukla

ISBN : 978-81-267-0066-0

क्रम

उमरावनगर में कुछ दिन

उमरावनगर में कुछ दिन

बकरी, मुर्ग़ी और फटी क़मीज़ें

बस में जहाँ मैं बैठा था, वहाँ बकरी न थी; मेरे पास बैठे आदमी की गोद में सिर्फ़ मुर्ग़ी थी। बकरियाँ पीछे थीं। उस भीड़-भक्कड़ में अगर कहीं कोई बकरी का बच्चा आदमी की गोद में था या कोई बकरी आदमी के घुटने पर थी तो कुछ ऐसे आदमी भी थे जिनके पाँव बकरी के पेट के नीचे या पीठ के ऊपर थे और पीठ बस की पिछली दीवार से चिपकी थी। उनके सिर कहाँ थे, कहना मुश्किल है क्योंकि उनके हाथ-दो हाथ ऊपर भी कई सिर दीख रहे थे।

बस के रुकने पर समझने में देर नहीं लगी कि यहाँ उतरने में, चढ़ने के मुक़ाबले ज़्यादा जीवट की ज़रूरत होगी। पर मेरा

मुर्ग़ीवाला साथी मुझसे ज़्यादा उतावला था। अभिमन्यु की तरह भीड़ का चक्रव्यूह तोड़ता हुआ जब वह आगे बढ़ा तो मैं भी उसके कुर्ते से झूलता हुआ वहाँ तक पहुँच गया जहाँ दरवाज़ा होना चाहिए और उसके नीचे कूदते ही मैं भी उसी के साथ ज़मीन पर चू पड़ा। मेरे हाथ से झूलती अटैची किसी की टाँगों में फँसी होगी क्योंकि मेरे पीछे जो मुसाफ़िर कन्धे के बल ज़मीन पर आया, उसकी एक टाँग आसमान में थी और दूसरी की धोती मेरी अटैची के कुंडे से उलझी थी। मेरे मुर्ग़ीवाले साथी का कुर्ता पीछे से चीथड़ा बन चुका था पर वह इससे बिलकुल बेख़बर था। उसे देखकर मुझे ख़बर हुई कि मैं भी अपनी क़मीज़ के मामले में बेख़बर हूँ, उसका कन्धा अपनी सिलन छोड़कर पीठ पर झूल गया था।

सड़क पर जहाँ बस रुकी थी उसके किनारे एक दवाख़ाना था जिस पर किन्हीं डॉ. अंसारी का नाम लिखा था। विज्ञापन-पट्टी पर ए.ए.यू.पी., पी.एम.पी., एम.डी. जैसी डिग्रियाँ लिखी थीं। एम.डी. से मेरा मन मुदित हो गया क्योंकि यह डॉक्टरों के ख़िलाफ़ इस इल्ज़ाम का जवाब था कि ऊँची डिग्री लेने के बाद वे शहर छोड़कर देहात नहीं जाना चाहते। पर पट्टी पर दोबारा निगाह पड़ते ही मैंने देखा, एम.डी. के नीचे कोष्ठकों के भीतर उर्दू, यानी फ़ारसी लिपि में लिखा है, 'मैनेजिंग डाइरेक्टर, अंसारी क्लिनिक'। यह तो हुआ एम.डी.। अब मैंने ए.ए.यू.पी. और पी.एम.पी. के तिलिस्म को तोड़ना चाहा। पी.एम.पी. का गुर आसान था : प्राइवेट मेडिकल प्रैक्टिशनर। ए.ए.यू.पी. का गुर दूसरे दिन पकड़ में आया।

दवाख़ाने में एक ऊँघता हुआ बुड्ढा, हज़ारों मक्खियाँ। उसके सामने, सड़क के किनारे दो तख़्तों पर छह-सात लोग भिन्न-भिन्न

आसनों में बैठे बात करते हुए; पर एक भी आसन ऐसा नहीं जिससे जल्दी उठने का आभास हो रहा हो। जहाँ तक बात की बात है, बात सिर्फ़ एक आदमी कर रहा था, बाक़ी सिर्फ़ उसकी बात ज़ोर-ज़ोर से सुन रहे थे।

इक़बाल मियाँ

मुझे पता नहीं था कि मेरे अध्यापक मित्र कहाँ रहते हैं। उनका पता पूछने के लिए मुझे यहाँ रुकना पड़ा। पर यहाँ देश की दुर्दशा पर बहस चल रही थी। जैसा कि होना चाहिए, देश के सामने व्यक्ति और ख़ासतौर से मुझ-जैसे व्यक्ति पर किसी ने ध्यान नहीं दिया।

"...तुम कहते हो कि देश को नेताओं ने चौपट किया है। सरासर ग़लत। सारा देश तो बाबुओं के हाथ में है। पूरा बाबू-राज है। बाबू जैसा चाहता है, वैसा ही होता है।"

बात में कोई मौलिकता नहीं थी, फिर भी शायद मेरा सर अनजाने ही इसके अनुमोदन में हिल गया। जवाब में उन्होंने अपनी बड़ी-बड़ी आँखों से मुझे देखा, गोया मुझे सनद दी कि मैं भुनगा नहीं, उन जैसा नहीं तो कम-से-कम दूसरों ही जैसा इनसान हूँ। फ़रमाया, "देखिए न, इसी छब्बीस जनवरी की बात है। दिल्ली के किसी बाबू की करामात देखिए। छब्बीस जनवरी को छुट्टी होती है। मगर उस कमबख़्त ने छब्बीस जनवरी को उठाकर ऐन इतवार के दिन गिरा दिया। ग़रीबों की एक दिन की छुट्टी मारी गई।"

बात कुछ महीन क़िस्म की थी। लोग समझने की कोशिश करने लगे। उन्होंने फिर फ़रमाया "मिनिस्टर को पता भी न चला होगा।"

एक आदमी ने होंठ हिलाकर पहले कुछ कहने की कोशिश की, फिर कहा, "मगर इक़बाल साहब, कौन-सी तारीख़ किस दिन पड़ेगी, यह बाबू या मिनिस्टर थोड़े ही तय करता है?"

"फिर कौन तय करता है?"

कहकर शायद अनुमोदन के लिए, उन्होंने फिर मेरी ओर अपनी नज़र उठाई। उनका श्रोता-समुदाय निरुत्तर हो चुका था। तब मैंने अपने मित्र के घर का पता पूछा।

वे लगभग साठ साल के होंगे। मोटे बदन पर लम्बा कुर्ता और तहमद। सर पर चौकोर टोपी। नाक के कोने पर एक बड़ा-सा काला मस्सा, जो बड़ी-बड़ी आँखों के नीचे बसकर पूरे चेहरे को समुद्री डाकुओं जैसा ख़ूँख़्वार बनाता था। यही, जब वे आँखें मूँद लेते होंगे, उनके चेहरे की ध्यान-मुद्रा को और भी गहनता देता होगा; धार्मिक भाषणों को मार्मिक बनाने में सहायता करता होगा।

मित्र ने कहा

"अच्छा हुआ यहाँ आते ही तुम्हारी इक़बाल साहब से मुलाक़ात हो गई। यहाँ के सबसे रईस आदमी हैं। काफ़ी समझदार भी। पिछले चुनाव में सत्ताधारी पार्टी का टिकट भी मिल गया था। जीतते-जीतते बचे।"

“समझदारी का सबूत तो पहली मुलाक़ात ही में उन्होंने दे दिया। कहते हैं कि कौन तारीख़ किस दिन पड़ेगी यह बात दिल्ली के किसी दफ़्तर का बाबू तय करता है।”

मित्र ने भौंहें सिकोड़कर कुछ सोचा, बोले, “तो तुम्हीं बताओ यह कौन तय करता है?”

झटका लगा, पर जल्दी ही सँभल गया। मैंने समझाया, “यह सब तो मिस्टर गणेशन् तय करते हैं।”

“कौन मिस्टर गणेशन्?”

“तुमने अख़बार में नहीं पढ़ा? वही, जिन्होंने हाल ही में अपनी बेवा की बहन से शादी की है।”

वह हमेशा से ऐसे ही हैं। दोनों ज़ोर से हँसे, वैसे जोड़ बराबर पर नहीं छूटा था, प्वाइंट्स पर मैं ही जीत रहा था।

“दरअसल, इक़बाल मियाँ की हालत विशेषज्ञों-जैसी है। अपने विषय को छोड़कर उन्हें कई विषयों का क ख ग तक नहीं आता...”

मित्र का ठिकाना सड़क से लगे हुए इस मकान की दूसरी मंज़िल पर था। दो छोटे कमरे थे, छत के दूसरे किनारे एक छोटी कोठरी, जिसमें रसोईघर था। दूसरी तरफ खुले में दीवारें घेरकर नहाने का प्रबन्ध; उसी के दूसरे हिस्से में एक अचम्भा था—साफ़-सुथरा शौचालय, फ़्लश के लिए भले ही बाल्टी का प्रयोग होता हो। नहानेवाले हिस्से में हैंडपम्प लगा था। हैंडिल सँभालकर चलाना पड़ता था क्योंकि वह खुरदरी दीवार से रगड़ खाता था।

हैंडपम्प चलाते वक़्त मैं अपनी उँगलियों को दीवार से रगड़कर ज़ख़्मी बना चुका था। उन पर डिटॉल लगाकर, रसोईघर के दरवाज़े

पर खड़े-खड़े जहाँ खाल छिल गई थी वहाँ की जलन का आनन्द ले रहा था। मित्र चाय के लिए स्टोव जला रहे थे, इक़बाल मियाँ की गौरव-गाथा सुना रहे थे :

"विशेषज्ञों के साथ अक्सर ऐसा होता है। अपने ही को लो। तुम ग्रामीण अर्थशास्त्र के माहिर हो। अब अगर तुमसे कोई भौतिक विज्ञान की किसी गुत्थी पर बात करने लगे तो तुम भी इक़बाल मियाँ-जैसी चूक कर सकते हो। है कि नहीं?"

"है। पर इक़बाल मियाँ विशेषज्ञ काहे के हैं?"

"उन्हें भी, क्या कहा जाए—एक तरह से ग्रामीण अर्थशास्त्र का ही विशेषज्ञ कह लो। ख़ासतौर से जंगलों की कटान और जंगली लकड़ी के उपयोग के बारे में उन-जैसा माहिर इधर कोई नहीं है।"

"तुम्हारा मतलब पर्यावरण-सुरक्षा और वानिकी से है?"

"मुझे पता नहीं ये क्या है," मित्र बोले, "पर इनका मतलब चोरी और उठाईगीरी हो तो तुम्हारी बात सही होनी चाहिए।"

यहाँ ऊपर की मंज़िल तक पहुँचने के लिए सड़क से ढाई फ़ुट चौड़ी गली पार करके इमारत के पिछवाड़े से एक ज़ीना चढ़ना होता है। यह लम्बाकार सँकरा ज़ीना सरग की नसेनी-जैसा है, जिस पर दीवार से बँधी हुई एक चीकट रस्सी के सहारे झूल-झूलकर चढ़ा जाता है। चढ़ते वक़्त अगर किसी सीढ़ी पर पाँव चूक जाए तो यह सचमुच ही सरग की नसेनी बन सकता है।

मित्र की बात सुनकर मुझे लगा, किसी ने मेरी गर्दन पर धक्का देकर मुझे ज़ीने से नीचे ढकेल दिया है।

खैनी तम्बाकू और कम्प्यूटर-ट्रेनिंग

गाँव की विकास-गाथा बहुत कुछ एक दिन ही में समझ गया था। समझाया खंड विकास अधिकारी ने, जनभाषा में कहा जाए तो बी.डी.ओ. साहब ने। उन्होंने ही डॉ. अंसारी की उपाधि ए.ए.यू.पी. का तिलिस्म भी तोड़ा—एलोपैथिक, आयुर्वेदिक एंड यूनानी फ़िज़िशियन।

बी.डी.ओ. साहब मित्र के मित्र थे। शाम को मिलने आए। थके हुए थे पर चेहरे पर कोई बड़ा काम कर गुज़रने का सन्तोष था। चाय, कॉफ़ी, शराब—किसी भी पेय पदार्थ को लेने से उन्होंने इनकार किया, भोज्य पदार्थों से भी। आराम से खटिया पर लेटकर उन्होंने अपनी जेब से चोष्य पदार्थ, यानी तम्बाकू निकाली। उसमें एक डिबिया से चूना निकालकर मिलाया, बाएँ हाथ की हथेली पर दाएँ हाथ के अँगूठे से उसे मला, थपथपाया, साफ़ किया, फिर दाँतों और निचले मसूढ़े के बीच उसे दबा लिया। कहा, "कम्प्यूटर की ट्रेनिंग से आज तीसरे पहर फ़ुर्सत मिली है। किसी तरह यह प्रोग्राम भी ख़त्म हुआ। इज़्ज़त बच गई।"

तम्बाकू का ऐसा आदिम प्रयोग करते हुए किसी को बहुत दिन बाद देखा था। उसके साथ कम्प्यूटर का पुट तो और भी दुर्लभ था। मैंने पूछा, "इस क़स्बे में...?"

उठकर उन्होंने तम्बाकू की पीक थूकी, अपनी ही कहते रहे, "कल प्रशिक्षण में आए अफ़सरों को आसपास का विकास-कार्य दिखाना है, जंगल में भी घुमाना है। पर वह सब तो जंगल के महकमेवाले देखेंगे। उनके आदमी डेढ़ सौ किलोमीटर दूर पेस्ट्री और तले काजू ख़रीदने गए हैं। कल आप भी चलिए न!"

"पर कम्प्यूटर-ट्रेनिंग? इस क़स्बे में?"

"यह क़स्बा नहीं, गाँव है जनाब। वैसे आबादी चार हज़ार के क़रीब हो गई है। एक बार टाउन एरिया बनाने की बात भी चली थी, पर गाँववालों ने उसका विरोध किया।..."

"क्यों?"

"तब लोगों पर कई तरह के टैक्स न लग जाते!"

"पर गाँव का विकास भी तो हो जाता।"

"वह तो अपने-आप हो रहा है।"

फिर बी.डी.ओ. साहब की बात तांत्रिकों, ज्योतिषियों, पुरातत्त्ववेत्ताओं, मौसम-विज्ञानियों, समाजशास्त्रियों, कथाकारों और कवियों की अर्धस्फुट वाणी में होने लगी। उन्होंने इस जंगली क्षेत्र के तीस-पैंतीस परिवारोंवाले पुरवे के विकास की कथा 'सेल्फ जनरेटिंग', 'सेल्फ प्रॉपलिंग', 'इन्फ्रास्ट्रक्चर', 'आर्केस्टेशन', 'टेक ऑफ़ स्टेज' जैसी योजना आयोग की भाषा में उद्‌घाटित करनी शुरू कर दी।

श्रोता और शिष्य था मैं, जाना-माना सनकी पत्रकार, और मित्र की मित्रतापूर्ण भाषा में, ग्रामीण अर्थशास्त्र का विशेषज्ञ।

सब आवाज़ों के ऊपर की आवाज़

पिछले बीस-पचीस साल में उमरावनगर नामक इस छोटे से जंगली गाँव का विकास अपने-आप हो चुका है। इसलिए अब इसे क्षेत्रीय स्तर पर सघन विकास के लिए चुना गया है। चुननेवाले यहाँ के क्षेत्रीय विधायक हैं।

आज से दो साल पहले वे राज्य मंत्री बनाए गए थे। जैसाकि इस कथा में कहीं आगे आएगा, कोशिश उन्हें परिवहन मंत्री बनाने की थी। यहाँ चलनेवाली बसों में से एक के मुनाफ़े में उनका आठ आने का हिस्सा था। उनके विधायक बन जाने पर हिस्से की जगह उन्हें पूरा मुनाफ़ा दिया जाने लगा। स्थानीय ट्रांसपोर्ट यूनियन के कर्ता-धर्ता वर्मा साहब, ठेकेदार साहब, ठाकुर साहब जैसे कार्यकर्ताओं ने शोर मचा दिया कि वे परिवहन के राज्य मंत्री बन रहे हैं। अख़बार तक में छप गया। इसलिए, मुख्यमंत्री के मन की बात कोई भी नहीं पकड़ सकता, यह प्रमाणित करते हुए उन्हें चीनी उद्योग का राज्य मंत्री बना दिया गया। जो भी हो, उमरावनगर में ट्रांसपोर्ट यूनियन की ओर से उनका ज़ोरदार स्वागत-समारोह हुआ, जिसके लिए अख़बारों में 'भव्य' और जिसके व्याख्यानों के लिए 'भाव-भीने' जैसे ठेठ विशेषणों का प्रयोग हुआ। समारोह में उन्होंने घोषणा कर दी कि उमरावनगर में वे एक सहकारी चीनी मिल की स्थापना कराएँगे।

दो हज़ार मीट्रिक टन की क्षमतावाली चीनी मिल और आटाचक्की में कुछ फ़र्क़ है—मंत्री जी के प्रतिक्रियावादी अफ़सरों ने उन्हें यह समझाने की कोशिश की। जहाँ कहीं भी बिजली का तार गया हो वहाँ आटाचक्की चल सकती है। पर चीनी मिल के लिए कुछ और भी चाहिए। गन्ना तो चाहिए ही। उमरावनगर के चारों ओर सरकारी जंगल हैं। मिल चलाने के लिए दूर-दूर से गन्ना लाया जाए, तब भी पूरा न पड़ेगा—आदि-आदि उन्हें समझाया गया। पर मंत्री जी अकड़ गए। हर मंत्री की तरह उन्हें पहले से ही नौकरशाही के बारे में सब कुछ मालूम था, जिस कारण वे हमेशा सही सलाह

को ग़लत और ग़लत सलाह को सही मान बैठते थे। अतः उन्होंने अपनी घोषणा को कई बार दोहराया। दोहरा ही रहे थे कि, जैसा कि आजकल किसी भी लम्हे में हो सकता है, प्रदेश के मुख्यमंत्री ने, अपनी अन्तरात्मा की आवाज़ सुनकर—जो पार्टी हाईकमान के आदेश की पर्यायवाची है—अचानक इस्तीफ़ा दे दिया। हमारे क्षेत्रीय विधायक जी दूसरे मंत्रिमंडल में, अपनी बिरादरी के अनूठे प्रतिनिधि होने के नाते, फिर से राज्य मंत्री तो बना दिए गए पर उनके महकमे का नाम आज तक ट्रांसपोर्ट यूनियनवालों की समझ में नहीं आया। वे प्रशासनिक सुधार और कार्मिक विभाग के राज्य मंत्री बनाए गए।

दूसरा समारोह भी 'भव्य' और 'भावभीना' तो बताया गया, पर रंग कुछ फीका रहा। दुकानदार दुकान सजाए बैठा हो, पर यह पता न चले कि यहाँ कौन-सा माल बिकता है, मंत्री जी की हालत कुछ वैसी ही थी। 'प्रशासनिक सुधार' और 'कार्मिक' लोगों के पल्ले नहीं पड़ रहे थे। पर मंत्री जी का जीवट कुछ कम नहीं था। उन्होंने इस बार एक नई घोषणा की, "आदरणीय प्रधानमंत्री के नेतृत्व में हमें नई-नई तकनीकों और पद्धतियों की जानकारी करनी होगी। ख़ासतौर से कम्प्यूटर की जानकारी तो बच्चे-बच्चे को होनी चाहिए। इसकी शुरुआत हमने अपने आला अफ़सरों से की है। हम अपने वरिष्ठ अधिकारियों को कम्प्यूटर का प्रशिक्षण देने के लिए दो सप्ताह का एक सत्र आयोजित कर रहे हैं। यह प्रशिक्षण उमरावनगर में होगा।"

अब गले में टाई और हाथ में ब्रीफ़केस लटकाए हुए जो अफ़सर दिल्ली के किसी वातानुकूलित कमरे की हवा में अपनी

हवा जोड़ते, वे उमरावनगर में कम्प्यूटर प्रशिक्षण के लिए कम्प्यूटर-समेत आ गए हैं।

बी.डी.ओ. साहब यह ब्योरा मुझे सुना रहे थे, तब उनकी आवाज़ के पीछे, जैसा कि फ़िल्म्स डिविज़न के वृत्तचित्रों में होता है, कई तरह की आवाज़ें पृष्ठसंगीत का काम कर रही थीं। नीचे सड़क पर बिचरते और चरते हुए गधों की 'सीपों-सीपों', ट्रकों के प्राणबेधी हॉर्न, आटाचक्की की 'किट्-किट्-किट्' एक साथ कई दुकानों पर बजते हुए टांज़िस्टर और एक दुकान पर एम्प्लीफ़ायर के सहारे गरजता हुआ एक लगभग अश्लील लोकगीत, आदि-आदि। इन आवाज़ों को कुछ देर पहले लाउडस्पीकर पर गूँजती हुई अज़ान ने पस्त किया था, पर अज़ान तो चन्द मिनटों का करिश्मा है। उसके ख़त्म होते ही स्वामी रघुवरदास के आश्रम का कीर्तन बाक़ी सब आवाज़ों पर हावी हो गया था।

कीर्तन में ज़नाना-मर्दाना, दोनों ही आवाज़ें थीं पर सबसे प्रबल आवाज़ एक नारी-कंठ की थी। बी.डी.ओ. साहब की बात ख़त्म होते-होते वह नारी-कंठ तारसप्तक के मध्यम पर जाकर टिक गया और वहीं टिका रहा। फिर उससे भी एक स्वर ऊपर जाकर उसने आलाप लिया : की...ईं...ईं...ईं की...ईं...ईं...ईं। लगा, कोई फेफड़ा फाड़कर चीख़ रहा है!

मेरे मत्थे पर उलझन की रेखाएँ उभर आई होंगी। बी.डी.ओ. साहब बोले, "लगता है सियादुलारी जी को फिर से दौरा पड़ा है!"

पर सियादुलारी जी की बात बाद में, पहले ये पाँच कोठियाँ। पर उसके भी पहले एक नज़र उस फ़िज़ा पर जो विकास के पहले की है।

इलाज के पहले

कुछ दूरी पर आम के ठूँठ की एक सूखी, पर मोटी डाल आसमान की ओर हाथ उठाकर पनाह-जैसा माँग रही है। उसी के पास यह कोठी बनी है। उमरावनगर का यह पहला पक्का मकान है। आम के ठूँठ से आप सोच सकते हैं—और सही सोचेंगे—कि यहाँ पहले एक अमराई थी। उसके वे पेड़ जो सड़क के किनारे नहीं थे, पहले ही शहरवालों के चूल्हे-भाड़ में जा चुके हैं। सड़क के किनारेवाले पेड़ सरकारी हैं। इसलिए वे 'काटे बिना ही काट देने की पद्धति' से सिर्फ़ ठूँठ बनाकर छोड़ दिए गए हैं।

यह पद्धति कैसी है? वैसी ही, जैसे टैक्स लगाए बिना टैक्स लगाने की पद्धति। जैसे, कुछ महीने हुए, पेट्रोलियम पदार्थों के दाम हचककर बढ़ा दिए गए। लोगों ने चिल्ल-पों मचाई तो सरकारी अर्थशास्त्रियों ने समझाया : तुम लोग मान लो कि दाम नहीं बढ़ाए गए हैं, हमने तो इन पदार्थों पर सिर्फ़ एक टैक्स-जैसा लगाया है। टैक्स देनेवालों ने एक-दूसरे मौक़े पर चिल्ल-पों मचाई तो उन्होंने वहाँ समझाया : हम टैक्स की दर बढ़ाना नहीं चाहते, न नये टैक्स लगाना चाहते हैं। इसीलिए देखो, हमने पेट्रोल आदि की क़ीमत बढ़ा दी है!

तो, जनता ने भी सरकार के साथ वैसा ही किया है। ईंधन की कमी हुई तो बीवी को बताया, 'सड़कवाला पेड़ काटकर ला रहा हूँ।' पेड़ की उन्होंने इधर-उधर की शाखाएँ छाँट दीं, बस फुनगी छोड़ दी। फिर सारा काम तने पर किया। उसकी पहले छाल छील दी, फिर कुछ गहरे पैठकर गूदे से कई दिन छोटी-छोटी चिप्पियाँ

निकालीं। निकालते रहे। बाद में एक कटा-पिटा गावदुम तना और आसमान की ओर बाँह पसारे एक शाखा-भर रह गई। समय आने पर यानी असमय में यह अस्थिपंजर सूख गया, पत्तियाँ ग़ायब हो गईं। पेड़ की सूरत कूड़े पर पड़ी हुई बिना इंजिन और पहिये की मोटर-जैसी, और कुल मिलाकर उसकी शक्ल हिन्दुस्तान के लम्बोतरे नक्शे-जैसी निकल आई। इस तरह कट जाने पर भी पेड़ कटा नहीं। सड़क के हाकिमों ने पेड़ के तने पर तारकोल से जो नम्बर डाला था वह बाक़ायदा क़ायम रहा!

ये अस्थिपंजर सड़क के किनारे दूर-दूर तक खड़े हुए हैं। इनके पीछे जो अमराई थी, उसके पेड़ों को लेकर इस नुक़्तए-नफ़ासत की ज़रूरत न थी। इसलिए उनकी जगह पहले वीराना हुआ। फिर वहाँ यह कोठी बन गई, जिसमें अब सरकारी दवाख़ाना है।

जब यह न बनी थी तब यह उमरावनगर एक छोटा-सा निहायत गँवार गाँव था, वैसे कहने को राजा उमरावसिंह की तअल्लुक़ेदारी का एक ज़िला था। अर्थात्, वहाँ एक ज़िलेदार रहता था। उसके लिए और उसके अमला और कुछ वफ़ादार लठैतों के लिए राजा साहब ने सड़क के दोनों ओर कुछ इमारतें बनवा दी थीं। ये खपरैल के कच्चे घर थे। सिर्फ़ ज़िलेदार के घर की दीवारें पक्की थीं। हर इमारत में आगे का बरामदा और अन्दर दो कोठरियाँ थीं जिनको, अगर कोई रोशनदान हो तो, कमरा कहा जाता था। इनके भीतरी धुँधलके में मकड़ी, मच्छर, छिपकली, कनखजूरे या बिच्छू भले ही पनप लें—और साँप भी—सूरज की चौंध, पूस-माघ की हवा, लू, धूलधक्कड़ आदि हरगिज़ नहीं आ सकते थे। अन्दर सँकरा-सा बरामदा, आँगन। हर इमारत के बीच ढाई फ़ुट चौड़ा रास्ता छूटा

था, यानी इस सभ्यता में वास्तुकला की कमी न थी। यह ज़रूर है कि मोहनजोदड़ो की सभ्यता में नालियों को जो स्थान मिला था, वह यहाँ नहीं था। किसी भी इमारत में नाली न थी। राजा साहब जानते थे कि जो बात अपने देश के चरित्र के लिए सच है, वही पानी के लिए भी है। पानी हर हालत में अपना धरातल ढूँढ़ लेता है।

इससे इतना ज़रूर हुआ कि ज़मींदारी टूट जाने पर, और इन इमारतों के रखरखाव में कमी हो जाने से बहुतों को पानी ने ही मटियामेट कर दिया। उन्हीं पर नई कोठियाँ बनीं। कुछ का पानी अपनी राह अब भी निकाल लेता है। वे बच गई हैं। पर उनको लेकर दर्जनों लोगों में दीवानी के मुक़दमे चल रहे हैं। हर एक का दावा है कि उसने यह इमारत पक्के काग़ज़ पर ज़िलेदार साहब से ख़रीदी है।

पहली कोठी

ज़िलेदार आला अफ़सर था। बीस रुपया महीना पाता था। वह यहीं ज़िले पर रहता था। रहता भी क्या था, एक मल्लाह लड़की की सोहबत में कुछ दिन बिताने के लिए यहीं चला आता था।

खपरैल के ये घर, जिनमें दुकानें भी लग सकती थीं, सड़क के दोनों किनारों पर लगभग सौ गज़ तक चले गए थे। इनके पीछे आम और शीशम की बड़ी-बड़ी बाग़ें थीं। उनके पीछे खेत, नदी, जंगल। फिर जंगल ही जंगल।

वातावरण रमणीक था, सिर्फ़ रमण करनेवालों की कमी थी। खपरैल के घर और दुकानें ज़्यादातर ख़ाली रहतीं। लोगों को यहाँ लुट जाने का डर था। खपरैल के कुछ घर ज़िलेदार के पास थे जिनमें वह ख़ुद रहता था, एक में धीवर-कन्या और उसके माँ-बाप रहते थे, एक में उसके बहनोई-ननदोई। एक में उसके सास-ससुर रह सकते थे, पर रहते नहीं थे। उनका बेटा जवान होने के पहले ही चल बसा था। बहू, उनकी राय में, कुलच्छनी थी पर अपने माँ-बाप की राय में वह सोने की मछली थी। ज़िलेदार के बारे में भी उनकी राय बड़ी उदारतापूर्ण थी। वे उसे बड़ा नेक और रईस मानते थे। आम लोगों की राय भी यही थी।

बाक़ी इमारतों में से कुछ में रियासत के दो-चार कारिन्दे रहते थे। वे अकेले प्राणी थे। नदी के किनारे मल्लाहों के कुटीर-उद्योग से आनेवाले मुफ़्त के ठर्रे के सहारे और दूसरों की बहू-बेटियों के प्रेम-भाव में वे सुखमय जीवन बिता रहे थे। उन्हें लुटने का डर न था; लूटनेवाले उन्हीं के आदमी थे।

ज़मींदारी टूटने के कुछ साल पहले और बाद ज़मींदारों ने अपनी जायदाद बेचनी शुरू कीं। कुछ तो अपने ऊसर-बंजर और उनका एक-एक तिनका बेचकर शहरों की ओर भागे और वहाँ एम.एल.ए., ज़िला परिषद् के अध्यक्ष या, कुछ न हुआ तो किसी भी आँय-बाँय-शाँय पार्टी के नेता बनकर अपनी नई हैसियत बनाने लगे। राजा उमरावसिंह के वारिस किसी छोटे-मोटे देश में इस देश के राजदूत बन गए और उनके कारिन्दे उमरावनगर के खेत-पात, बाग़-बगीचे और ज़िले की इमारतें बेचने के लिए माथापच्ची करने लगे। बिक्री का अभियान चला। पर ख़रीदनेवाले

न थे। तब उनकी मदद राजा साहब के एक फटीचर, पर नेतानुमा रिश्तेदार ने की।

वे ज़िला सहकारी संघ के अध्यक्ष थे। उन्होंने उमरावनगर बाज़ार के पाँच मकान, छह रुपया महीना फ़ी मकान की दर से, किराए पर ले लिए। उनमें सस्ते गल्ले, चीनी, कपड़े, मिट्टी के तेल और सीमेंट की दुकानें खुलीं। फलस्वरूप वहाँ के सहकारी सुपरवाइज़र ने छह महीने में ही तीन मकान अपने लिए ख़रीद लिये। पर उनकी बात छोड़िए। अभी हमें पहली कोठी ही में रहना है।

सहकारी दुकानों पर बिक्री अच्छी होती थी। सिर्फ़ सीमेंट की खपत नहीं थी। शायद उसी को बढ़ावा देने के लिए दो साल के भीतर ही पहली कोठी बनने लगी। कोठी संघ के अध्यक्ष की थी। जब वह बन चुकी तब उनके विरोधियों ने भ्रष्टाचार का नाम लेकर चिल्ल-पों मचाई। उन दिनों भ्रष्टाचार को थोड़ा बुरी चीज़ माना जाता था। इसलिए अध्यक्ष ने सार्वजनिक जीवन में स्वस्थ परम्पराओं की रक्षा के लिए अपने पद से इस्तीफ़ा दे दिया। ज़िला सहकारी संघ एक-दूसरे अध्यक्ष के पास चला गया। कोठी भूतपूर्व अध्यक्ष के पास रही।

राम-नाम है, लूट है

भगवान रजनीश, सत्य साईं बाबा, महर्षि योगी, स्वामी सदाचारी आदि विज्ञान और तकनीकी के युग की पौध हैं। स्वामी रघुबरदास जी भी इसी श्रृंखला की एक कड़ी हैं। अन्तर्राष्ट्रीय जगत् में अभी उनके

जेट की गड़गड़ाहट नहीं गूँजी है, पर जिस तेज़ी से उमरावनगर के आकाश में उन्होंने छलाँग लगाई है, उससे लगता है कि वे मनुष्य से भगवान बन चुके हैं और अब भगवान से ऊँचे उड़नेवाले जेट विमान बननेवाले हैं।

ऐसा सुना जाता है कि भगवान बनने से पहले वे किसी बालिका विद्यालय में हेड क्लर्क थे। अपने स्टाक की सारी सुन्दरता परमात्मा ने उनके मन को सौंप दी थी, पर उनके तन, और ख़ासतौर से उनके चेहरे के लिए वह बिलकुल नहीं बची थी। तन और मन की कशमकश में उन्हें वहाँ, यानी बालिका विद्यालय में, बड़े-बड़े संकट झेलने पड़े; औसतन साल में एक बार पिटने से लेकर हर दूसरे-तीसरे साल मुअत्तल होने तक का अनुभव उन्हें दोहराना पड़ता था। अन्त में उन्हें ज्ञान प्राप्त हो गया, यह शायद उस देसी तमंचे की नली का असर हो जो एक बालिका के भाई के मज़बूत हाथ से जुड़ी हुई सपनों तक में उनका पीछा करने लगी थी, या तुलसीदास या विल्वमंगल या ऐसे ही किसी अर्ज़ी-फ़र्ज़ी महात्मा की वैराग्य कथा का दोहराव हुआ हो जिसमें सुन्दरता की सारी पर्तें फाड़कर उन्हें सब जगह 'हाड़-चाम', 'हाड़-चाम' ही दीख पड़ने लगा। बहरहाल, इस बार कॉलेज प्रबन्धक को उन्हें मुअत्तल करने की ज़रूरत नहीं पड़ी, उन्होंने ख़ुद इस्तीफ़ा दे दिया। दो साल वे हिमालय की किसी गुफा में किसी गुरु से दीक्षा लिये हुए कोई तपस्या करते रहे, फिर जब वे उमरावनगर में पीताम्बर धारे दुख-मोचन तिलक भाल पर लगाए प्रकट हुए तो वे भगवान बन चुके थे। उनका एक सम्प्रदाय बन चुका था। उसका अपना झंडा था, अपनी वर्दी (पीताम्बर का कुर्ता, वैसी ही लुंगी, चेलियों की पीताम्बरी साड़ी और कत्थई ब्लाउज़—

किसी-किसी पर वह सचमुच ही फबता था।), अपनी पूजा-विधि, अपनी साधना-पद्धति, अपने भजन, अपने कीर्तन—सभी कुछ अपने थे। अपना आश्रम, अपने दानदाता, अपना भंडारा भी।

ख़ास बात यह है कि स्वामी रघुबरदास भगवान रामचन्द्र के अवतार थे। उनके साथ सिंहासन पर बैठने के लिए एक सियादुलारी भरती की गईं। उनका असली नाम फूलमती था। ज़िलेदार साहब और मल्लाह बेवा के पुष्पित प्रेम से वे उत्पन्न हुई थीं। ज़िलेदार साहब ने उसे हाई स्कूल तक पढ़ा भी दिया था। अब वे अचानक सियादुलारी बना ली गई थीं।

इधर कुछ दिनों से कीर्तन करते-करते वे चीख़ने लगी थीं। रामायण-कथा में ऐसी सियादुलारी की गुंजाइश न होने पर भी स्वामी रघुबरदास ने अभी तक उन्हें वनवास नहीं दिया था।

उमरावनगर की सभ्यता का यह कीर्तिमान था। शाम की अज़ान के तुरन्त बाद आश्रम में भजन-कीर्तन होने लगता था। इसे साम्प्रदायिक सद्भाव और विभिन्नता में एकता कहकर नेता लोग गाँव की छवि उभार रहे थे। साम्प्रदायिक दंगे किसी भी वक़्त हो सकते थे। पर अभी हुए नहीं थे क्योंकि सभी पक्ष अभी रुपया बटोरने में लगे थे, वे उसे सहर्ष गँवाने की हैसियत तक अभी नहीं पहुँचे थे।

दूसरी, तीसरी, चौथी और पाँचवीं कोठी

सभी जानते हैं कि अपना देश परम्पराओं का देश है। किसी विदेशी ने कहा है कि महापुरुष समय के बालू पर अपने पदचिह्न

छोड़ जाते हैं। बालू पर ये चिह्न कितनी देर टिक सकते हैं? पर अपने देश का महापुरुष जिधर निकल जाता है वही चिरन्तन मार्ग बन जाता है। इसलिए यहाँ स्थायी परम्परा बनाने के लिए किसी महापुरुष को कुल इतना करना है कि जिधर चाहे उधर ऊँट की तरह गर्दन उठाकर निकल जाए।

ज़िला सहकारी संघ के भूतपूर्व अध्यक्ष ने यही किया। संघ से इस्तीफ़ा देकर उसे उन्होंने दूसरे अध्यक्ष के हाथ सौंप दिया, कोठी अपने पास रख ली। यह परम्परा बन गई। सिलसिला क़ायम हो गया। फिर हर दो साल बाद संघ का अध्यक्ष बदलता और हर अध्यक्ष दो साल में यहाँ एक कोठी बनवाकर अपने पद से अलग हो जाता। दस साल में पाँच कोठियाँ बन गईं। ग़नीमत है कि पाँचवें अध्यक्ष को हटाकर सरकार ने संघ का निदेशक-मंडल तोड़ दिया और एक नौजवान अफ़सर को उसका प्रशासक बना दिया। नहीं तो अब तक उमरावनगर में तिमंज़िला कोठियाँ बाँसकोठियों की तरह उग रही होतीं। फिर भी, आशा है, नौजवान होते हुए भी अफ़सर ने परम्परा को एकदम नहीं तोड़ा है। सुनते हैं कि उसने कुछ शहरों में छोटे-छोटे बँगले बनवाए हैं। व्यक्ति और समय के अनुसार परम्परा में कुछ तब्दीली आ जाए तो बुरा न मानना चाहिए। यह सामाजिक गतिशीलता का लक्षण है। फिर, यदि उठाईगीरी के पैसे से गाँवों का ही विकास होता रहे और शहर अछूते रह जाएँ तो विकास की प्रक्रिया में असन्तुलन आ जाएगा। इसलिए संघ के प्रशासक को हमें आधुनिकता और परम्परा का एक बेजोड़ समन्वय मानना चाहिए, जो उठाईगीरी की परम्परा को निभाते हुए आधुनिक नगरों के निर्माण में अपनी हैसियत-भर योगदान दे रहा है।

बहरहाल, सहकारी संघ के भूतपूर्व अध्यक्षों ने जो कोठियाँ बनवाईं उनसे उमरावनगर गाँव होते हुए भी एकदम से नगर हो गया। कोठियाँ होंगी तो कारोबार भी होगा। पहले अध्यक्ष ने कोठी की निचली मंज़िल अपने स्वर्गीय पिता के नाम पर दवाख़ाना खुलवाने के लिए सरकार को पट्टे पर, बिना किराए के, दे दी। इससे जनता और सरकार—दोनों पर उनकी धाक जमी और एक दवाख़ाना खुल गया। इस दवाख़ाने की दवाइयाँ चुराकर बिकवाने के लिए सड़क के दूसरी ओर एक दवा की दुकान खुली। दुकान कम्पाउंडर के भानजे के नाम से है। भानजे का नाम डॉ. एम.जेड. अंसारी, ए.ए.यू.पी., पी.एम.पी. आदि है। उनका डॉक्टरी पेशा दुकान के सहारे और दुकान सरकारी दवाख़ाने के सहारे चलती है।

डॉ. अंसारी और सरकारी डॉक्टर में कोई खटपट नहीं है। दरअसल, सरकारी डॉक्टर अंसारी साहब के सहारे इत्मीनान से शहर में रहते हुए अपनी क्लीनिक चलाते हैं। हर महीने की पहली तारीख़ को नियमित रूप से आकर वे अपनी तनख़्वाह, कम्पाउंडर की निजी प्रैक्टिस की आमदनी की चौथ और डॉ. अंसारी की दुकान से बिकी हुई सरकारी दवाओं की क़ीमत का आधा हिस्सा एक साथ उगाहकर फिर शहर वापस चले जाते हैं।

दूसरे अध्यक्ष ने जो कोठी बनवाई, उस पर भ्रष्टाचार का कोई सवाल नहीं उठा। इसलिए उसे या उसकी किसी मंज़िल को सार्वजनिक हित के लिए मुफ़्त देने का सवाल भी नहीं उठा। वास्तव में, उसका ज़्यादा-से-ज़्यादा किराया वसूलकर उन्होंने प्रमाणित करना चाहा कि यह कोठी उनके ख़ून-पसीने से बनी है, भले ही उसके लिए अपने मुँह से उन्हें पान की पीक तक न ख़र्च करनी पड़ी

हो। उनका एक भतीजा वन-विभाग में रेंजर था। न जाने उसका क्यों और कैसे और कितना प्रभाव था कि कुछ दिनों बाद ही इस कोठी में राज्य वन-निगम का एक प्रखंड खुल गया। यही नहीं, उसके पिछवाड़े की रियासतवाली बाग़ भी किराए पर उठ गई और उसमें इस प्रखंड की जंगली लकड़ी का देखते-देखते एक विशाल डिपो क़ायम हो गया। इसकी तफ़सील अभी कुछ रुककर।

तीसरे अध्यक्ष ने प्रतिज्ञा की कि उनकी कोठी में वन-प्रखंड से भी बड़ा दफ़्तर खुलेगा। शहर में भी उनके दो-तीन मकान थे जिन्हें डाकघरों के लिए किराए पर उठाने में उन्होंने विशेषज्ञता प्राप्त की थी। डाक-तार विभाग के साथ उनके दिल्ली तक बड़े गाढ़े सम्बन्ध थे। पर देहात की इस कोठी में अगर एक छोटा-मोटा डाकख़ाना जनता की ज़रूरत के नाम पर खुल भी जाता तब भी उसका किराया काजू और व्हिस्की पर होनेवाले उनके मासिक ख़र्चे के लिए भी काफ़ी न होता, जबकि इन दोनों पदार्थों से उनका बड़ा पुराना और गहरा लगाव था। इसलिए डाक-तार विभाग की जानी-बूझी राह छोड़कर उन्हें न जाने कितने उलटे-सीधे महकमों की भूलभुलैयाँ में भटकना पड़ा। अन्त में, ज़ोरदार सिफ़ारिश और भारी घूस ने रंग दिखाया। इस कोठी में ग्रामसेवकों और पंचायत के ग्राम-विकास अधिकारियों का एक प्रशिक्षण केन्द्र खुल गया। अच्छे शौचालयों और स्नानागारों के बावजूद, कोठी के बाहर बनियान-लुंगी पहने, हाथ में लोटा लटकाए नौजवानों के जो जत्थे आप शाम-सुबह सड़क पर देखते हैं, वे इन्हीं प्रशिक्षणार्थियों के हैं। इसी कोठी में ऊँचे अफ़सरों को आजकल कम्प्यूटर की ट्रेनिंग दी जा रही है।

चौथी कोठी का मालिक कुछ लटे-पटे क़िस्म का था। उसमें मछली-पालन का एक छोटा-सा दफ़्तर खुलकर रह गया। उसके अदना-से हाकिम को लोग, दूरदर्शन के अधिकांश समाचार-वाचकों के बीभत्स उच्चारण की नक़ल में, 'मतस्स' विकास अधिकारी कहते हैं। एक ओर गाँववाले जब पोखरों और तालाबों को पाटकर वहाँ धान के खेत निकाल रहे हैं, 'मतस्स' अधिकारी खेतों को ख़ुदवाकर मछली-पालन के लिए तालाब बनवा रहा है।

पाँचवीं कोठी किराए पर नहीं उठी। तब उसके मालिक एक खटारा ट्रक पर शहर से सामान लादकर आए और यहीं बस गए। उन्होंने कहा, "अब मैं यहीं रहूँगा और गाँव में रचनात्मक काम करूँगा।" आज तक वे यही कर रहे हैं।

बुरी नज़रवाले तेरा मुँह काला

वह ट्रक पिछले साल बिका है और उसकी जगह तीन नये ट्रक आ गए हैं। इनके अलावा दो बसें और एक जीप भी कोठी के आगे खड़ी दीखती हैं। ट्रकों के पीछे भाँति-भाँति के सिद्धान्त-वाक्य, शेरो-शायरी, 'जय जवान, जय किसान' जैसे नारे लिखे हैं। इन इबारतों के हिसाब से हर ट्रक का व्यक्तित्व या सम्प्रदाय अलग-अलग दीखता है। इनमें 'बुरी नज़रवाले तेरा मुँह काला'—सिर्फ़ यही सिद्धान्त-वाक्य ऐसा है जो तीनों में एक-से अक्षरों में लिखा है। हर ट्रक में इस इबारत के नीचे जूते की एक-सी तस्वीर बनी है। इसी से प्रमाणित होता है कि इन तीनों ट्रकों का मालिक

एक ही है। वही पाँचवीं कोठी के मालिक हैं। उनकी बढ़ती हुई हैसियत के साथ लोग उनका पुराना नाम और कुल-गोत्र भूल गए हैं। उनका नाम अब सिर्फ़ ठाकुर साहब रह गया है। बसों आदि के भी वही मालिक हैं।

पुराना ट्रक देखने में भले ही खटारा रहा हो पर वह शीशम के बेशुमार कुन्दे लाद सकता था। इसलिए ठाकुर साहब ने, जो तब रमेसर भाई कहलाते थे, उस पर शीशम के बेशुमार कुन्दे लदवाने का काम शुरू किया। शहर को जानेवाली, और दूसरे छोर पर जंगल में गुम हो जानेवाली यह जो सड़क है, बड़ी पुरानी है। कहा जाता है, त्रेता युग में राम-लक्ष्मण-जानकी इसी से किसी तरफ़ गए थे। तब सोचिए, इसके किनारे लगे हुए शीशम के पेड़ कितने पुराने होंगे। उनकी लकड़ी, एक तरह से, अष्टधातु की-सी हो गई थी। ठाकुर साहब ने इन्हीं पेड़ों का अपनी खटारा ट्रक से सवार और सवारी का रिश्ता बना लिया। हर रात कोई-न-कोई पेड़ मशीन की तेज़ी से कटता, उसके कुन्दे ट्रक पर शहर पहुँच जाते और उसके बाल, अँतड़ियाँ और बचे-खुचे हिस्से पास-पड़ोस के गाँवों में पहुँच जाते। यह काम कई महीने बड़े सुभीते से चला क्योंकि उन दिनों सड़क का जूनियर इंजीनियर उनके साले का सहपाठी निकल आया। पर ठाकुर साहब इस कारोबार में ज़्यादा दिन नहीं टिके। शहर में इस बेशक़ीमती लकड़ी की बिक्री से उन्हें जो 'बीज-पूँजी' मिली, उसको राष्ट्रीयकृत बैंकों की विकासपरक नीति से जोड़-मिलाकर उन्होंने ट्रकों और बसों का एक बेड़ा धीरे-धीरे तैयार कर लिया। एक ट्रक का आधा मुनाफ़ा शुरू में जूनियर इंजीनियर साहब को और एक बस का विधायक जी को दिया जाने लगा। बाद में,

विधायक जी के राज्यमंत्री बन जाने पर ठाकुर साहब ने वह बस पूरी तौर से विधायक जी की मार्फ़त राष्ट्र को अर्पित कर दी।

विकास एक चिरन्तन प्रक्रिया है। ऐसा योजना आयोग ने कहा है। ट्रक से भेजी जानेवाली शीशम की लकड़ी से शहर में कितना निर्माण-कार्य हुआ, कितने नये मुहल्लों और घरों का विकास हुआ, इस पर भी लिखा जा सकता है; पर, क्षमा करें, अभी मुझे उमरावनगर पर ही बहुत कुछ लिखना है।

ठाकुर साहब अब बड़े आदमी हैं। मधुमेह, रक्तचाप आदि से लैस। नपुंसकता भी आ जानी चाहिए। पर उनकी मूँछें दिन-पर-दिन उनके चेहरे की मोहक उग्रता बढ़ाती चली जाती हैं। वे रईसी के इस दर्जे तक पहुँचने में अपने आरम्भिक दिनों का ज़िक्र नहीं करते हैं, पर उनकी ट्रांसपोर्ट यूनियन इस इलाक़े में इतनी ताक़तवर कैसे बनी है, इसका ज़िक्र वे बिला लाग-लपेट करते रहते हैं।

"'बुरी नज़रवाले तेरा मुँह काला' यूँ ही नहीं लिखा है। ऐसा है मास्टर साहब, कि हमारी ओर जो भी बुरी नज़र फेंकेगा, उसके लिए वह फोटू पहले ही बना दी गई है।"

ठाकुर साहब यह मेरे अध्यापक मित्र को, मेरी जानकारी के लिए, सुना रहे थे।

"मैंने तो कुछ किया नहीं, मास्टर साहब। आप जानते ही हैं, मेरी मूँछें देखकर बाहरी लोग मेरे बारे में कुछ भी सोचें, मैं झगड़ा-फ़साद से हमेशा दूर रहता हूँ। किसी के लिए कभी कोई बात नहीं कही, खरा खेल फर्रुख़ाबादी! पर आप ख़ुद सोचिए, जब हमारी बसें चलीं, तो उसके पहले यहाँ क्या था? यही इक़बाल मियाँ की दो टुटही बसें, और इक्के। और इक्के भी क्या, यहाँ से पचीस

किलोमीटर तक जाते थे। वहाँ क़स्बे से उमिरिया की ओर आनेवाली बसों पर लोग भेड़ियाधसान में बैठते थे। तब कहीं शहर पहुँचते थे। हमने लाखों रुपये फूँककर ये बसें चलाईं, फिर इक़बाल मियाँ की बसें भी बढ़ीं, फिर वर्मा की बसें आईं। अब मुसाफ़िर यहाँ से खटाखट ढाई घंटे में शहर पहुँचता है।

"तब उमिरियावालों ने चलाए टेम्पो। कब? जब हमारी यूनियन ने लाखों रुपये बसों पर फूँक दिए। तो तुम्हीं बताओ मास्टर साहब, टेम्पो कैसे चलेंगे? चले? नहीं चले। हमने कुछ नहीं किया। यही इक़बाल मियाँ ने घुड़क दिया। टेम्पोवाले दुम दबाकर अपने-अपने बिलों में घुस गए।"

अब मैंने पूछा, "सरकारी बसें भी तो चली थीं।"

"तो चलें। उन्हें कौन रोकता है? हुआ क्या कि स्कूली लड़कों ने एक बार दो बसें फूँक दीं। सुनते हैं कि कोई बदकलाम ड्राइवर था। कहीं पिट गया। तो वे बसें बन्द हो गईं। सरकार बस चलाए तो हम कैसे मना करेंगे? सरकारी ड्राइवर, ख़ुद इस रूट पर नहीं चलना चाहते। झूठ-मूठ हमारी यूनियन को बदनाम करते हैं?

"सोचता हूँ, ये मूँछें मुँड़ा लूँ। बेमतलब लोग बदनाम करते हैं।"

मैंने उन्हें मना किया, छतनार मूँछों का महत्त्व समझाया। वे आश्वस्त हुए।

अध्यापक मित्र शरारत और ख़ुशामद की मिली-जुली बोली में बोले, "पर ठाकुर साहब, दिनवाली रेल तो आप ही लोगों ने बन्द कराई है।"

इस पर वे हँसे, "यह तो हमें भी मालूम है। इक़बाल मियाँ का करिश्मा है। सवेरे शहर से आनेवाली गाड़ी यहाँ रुकती थी,

वही गाड़ी शाम को शहर जाते वक़्त रुकती थी। अचानक वह गाड़ी कैंसल हो गई है। लोग उड़ाते हैं कि इक़बाल मियाँ रेलवे टाइम-टेबल बनानेवालों को कुछ ले-दे आए हैं। शुबहा मुझे भी है। पर राम क़सम, हमारी यूनियन ने एक कौड़ी नहीं दी है। रेलवे को घाटा हो रहा था। उन्होंने गाड़ी बन्द कर दी। फ़क़त इतनी-सी बात है।"

सवेरे मैं घूमता हुआ स्टेशन तक आया था। रमणीक स्थान था। चारों ओर घनी बाग़ें। चिड़ियाँ इफ़रात में थीं। आदमज़ाद दिखाई नहीं देता था। अब रात को शहर जानेवाली एक गाड़ी आती है, दो बजे रात को रुकती है। जो गाड़ी शहर से आती है वह तीन बजे रात को यहाँ पहुँचती है। रेलवेवाले अब नियमित स्टेशन तोड़कर उसे फ्लैग स्टेशन बनाने जा रहे हैं। बसों पर बकरी, मुर्ग़ी और इनसानों की मैत्री के लिए कोई ख़तरा रहा हो तो वह दूर हो चुका है।

धर्म से धर्म बढ़ता है

चार-पाँच घंटे में शीशम का बड़े-से-बड़ा पेड़ कटाकर मुँह अँधेरे उसकी जगह पर ऊसर निकाल देना मामूली मेहनत का काम न था। इसके लिए एक अच्छे संगठन की ज़रूरत थी जो सरकस के कार्यकर्ताओं की तरह शेरों की उछलकूद ख़त्म होते ही तोप की नली से ज़िन्दा आदमी निकालने के लिए पलक झपकते स्टेज तैयार कर दे। ऐसा संगठन ठाकुर साहब ने तैयार कर लिया था। वह बसों और ट्रकों के विस्तार के साथ और भी सुदृढ़ हो गया

था। इस संगठन ने भी उमरावनगर के विकास में 'कैटालिटिक एजेंट' का काम किया।

इस संगठन के आठ प्रमुख सदस्य थे। उनमें से एक किसी दिन ज़्यादा दारू पीकर अपने ही ट्रक के नीचे कुचल गया। दूसरा बिहार में कोयले की खदानों में काम करनेवाले एक यूनियन लीडर का अंगरक्षक बन गया। बाकी छह के लिए जीविका का कोई दृश्य-श्रव्य साधन ज़रूरी था। उनके लिए सड़क के दूसरी ओर कुछ शानदार दुकानें बनवा दी गईं। खपरैल की पुरानी इमारतें तोड़कर शीशम से अर्जित थोड़ी-सी पूँजी का निवेश करके इन दुकानों पर मदनानन्द मोदक से लेकर डीज़ल के पम्पिंग सेट तक बेचने की व्यवस्था हुई। उधर बाग़ में राम-जानकी का जो मन्दिर बना, वह भी इसी पूँजी का फल है। उसके आगे बैंक की जो इमारत है, वह भी। घास चरते हुए खच्चर की पीठ तक पर जब आजकल बैंक की शाखा खुल जाती है तो उमरावनगर में बैंकों को तो आना ही था। ठाकुर साहब ने वैसे इस बैंक की इमारत के लिए बैंक से ही क़र्ज़ लिया था। पर सुनते हैं कि उस क़र्ज़ को उन्होंने दूसरों के बीच क़र्ज़ पर उठा दिया। उनके ब्याज की दर बैंक से तीन गुनी थी, पर वह क़र्ज़ उन कामों के लिए दिया गया जिसके लिए बैंक क़र्ज़ नहीं देते। इस तरह, जहाँ न जाय रवि, वहाँ गया कवि।

धर्म से धर्म बढ़ा। दरअसल, इक़बाल साहब ने जब एक बाग़ में मस्जिद बनवानी शुरू की तभी सामने की दूसरी बाग़ में मन्दिर की नींव पड़ी। मस्जिद अभी पूरी नहीं हुई है, मीनारों की धूलसनी लाल ईंटों पर जो क़ीमती टाइल्स लगने हैं वे अभी हैदराबाद से नहीं

आए हैं। पर उनके ऊपर डमरू-जैसा लाउडस्पीकर एक एम्प्लीफ़ायर पहले से लग गया है। उधर दूसरी ओर मन्दिर से लगी हुई दो बीघा ज़मीन में स्वामी रघुबरदास का आश्रम फैला है। इसमें थोड़ी ज़मीन इक़बाल मियाँ की भी थी। साम्प्रदायिक सद्भाव कहिए, या अनेकता में एकता, या ठाकुर साहब के साथ की गिरोहबन्दी, इक़बाल मियाँ ने यह ज़मीन आश्रम को सौंप दी है।

इस समय राम भगवान उर्फ़ स्वामी रघुबरदास सिंहासन पर विराजमान हैं। आजानुबाहु, वृषस्कन्ध, व्यूढोरस्क, कोटि-मनोज-लजावन-हारेवाले राम से उनका हुलिया बिलकुल नहीं मिलता। देखने में वे गिरिस्ती की चट्टान के नीचे दबे, अधखाये, अधभूखे, थके-थकाए किसी देहाती कॉलेज के बड़े बाबू-जैसे लगते हैं जो कि वे कभी थे भी।

लाल मखमली चँदोवे के नीचे, जिसमें चाँदी के चमकदार तारों से बेलबूटे सजाकर रघुवंशियों के दरबारे-आम की रौनक़ पैदा की गई है, एक दूसरे सिंहासन पर सियादुलारी बिराजी हुई हैं। राम भगवान् ने उन्हें कॉलेज ही में पहचान लिया था, जब वे ज़िलेदार साहब की मदद से वहाँ हाई स्कूल में पढ़ने जाती थीं। सियादुलारी मूर्ति की तरह निश्चल बैठी हैं, सिर्फ़ साँवले-सलोने चेहरे पर बड़ी-बड़ी मदभरी आँखें स्थिर नहीं हो पा रही हैं।

राम भगवान् एक श्लोक बोलते हैं, फिर एक स्वरचित भजन गाने लगते हैं। सामने बैठा भक्त समुदाय, जिसमें पीताम्बरा बालिकाओं का बहुमत है, उस भजन की कड़ी को उठा लेता है।

उधर लाउडस्पीकर पर अज़ान शुरू होती है।

बी.डी.ओ. साहब ने बताया :

"अभी तक सब ठीक है। ठाकुर साहब और इक़बाल मियाँ के रहते झगड़े का डर नहीं। पर इनके बाहर चले जाने पर दो-तीन बार झमेला होते-होते बचा है। अब सुनते हैं, इन दोनों ने ख़ुद पुलिस कप्तान से कहा है कि यहाँ सशस्त्र पुलिस की एक कम्पनी तैनात कर दी जाए। ठाकुर साहब की कोठी के ऊपरी तल्ले ख़ाली पड़े हैं। वे किसी छोटे घर में जाकर रहना चाहते हैं। कम्पनी के लिए वे कोठी किराए पर उठाने को तैयार हो गए हैं। कम्पनी कमांडर के रहने का इन्तज़ाम इक़बाल मियाँ कर देंगे।"

मज़हर मियाँ की भरत-भक्ति

ठाकुर साहब और इक़बाल साहब के सद्भाव का मुख्य आधार पंचशील का वह शील रहा है जिसके अन्तर्गत पड़ोसी राज्यों को एक-दूसरे की सीमा का सम्मान करना चाहिए। उमरावनगर के आसपास फैले जंगलों में चोरी और सीनाज़ोरी के सहारे चलनेवाली पेड़ों की कटाई की परम्परा बहुत पुरानी है। जंगलों की नाजायज़ कटाई पर वहाँ इक़बाल मियाँ का एकाधिकार रहा है। पहले वे गाँव के पास एक उससे भी छोटे गाँव में रहते थे। बाद में, बिजली आ जाने पर, उन्होंने सड़क के किनारे लकड़ी चीरने के लिए आरा मशीनें लगवा लीं। उसे फ़ैक्टरी कहा जाने लगा और उसी से सटाकर उन्होंने अपना मकान भी बनवा लिया। सरकारी जंगल के एक छोर पर उनका एक छोटा-सा निजी जंगल था। वहाँ कुटिया डालकर उनके छोटे भाई मज़हर मियाँ भाई की सेवा करने लगे।

ठाकुर साहब ने सरकारी जंगल की लकड़ी पर कभी कुदृष्टि नहीं डाली। वह इक़बाल मियाँ का काम था। ख़ुद वे सड़क के किनारेवाले शीशमों पर तत्पर रहे। इस तरह लकड़ी का कारोबार करते हुए भी दोनों में कभी खटपट नहीं हुई। बाद में ट्रांसपोर्ट यूनियन में उनकी दोस्ती और भी पक्की हो गई।

पहले भी मज़हर मियाँ सरकारी जंगल से श्रद्धापूर्वक पेड़ कटवाकर बड़े भाई की फैक्टरी में भिजवाया करते थे। पर दूसरी कोठी में वन-निगम का प्रभाग खुलने के बाद इस कारोबार को सही दिशा मिल गई। पहले ही साल डिपो की लकड़ी की नीलामी राज्य में सबसे ऊँची क़ीमत पर टूटी। आख़िरी बोली इक़बाल मियाँ की थी। देखते-देखते सारे प्रदेश में वन-निगम का यह प्रभाग इतनी आमदनी देने लगा कि उसे देखकर बड़े-बड़े वन अधिकारी-वन्य प्राणियों की तरह चिंघाड़ने लगे। वहाँ के मैनेजर का टिकना मुश्किल हो गया। जैसे ही कोई मैनेजर वहाँ तैनात होता, पहली नीलामी के बाद ही उसका दफ़्तर ऊँचे हाकिमों के बधाई-पत्रों से पट जाता, वनमंत्री 'योग्य अफ़सरों को प्रोत्साहन और निकम्मे अफ़सरों का सत्यानाश' की नई नीति के अन्तर्गत उसे पुरस्कार देने की घोषणा करते और कुछ ही दिनों में तरक़्क़ी के साथ उसका तबादला कर दिया जाता। उमरावनगर के मैनेजर का पद इस प्रकार एक से एक घिनौने और नाकारा अफ़सरों की तरक़्क़ी की गारंटी बन गया। पर यह सब इक़बाल मियाँ उर्फ़ ठेकेदार साहब की दरियादिली का फल था—यह और बात है कि दरिया में फल नहीं लगता।

सड़क के किनारे जहाँ ठाकुर साहब के बहादुरों की आधुनिक दुकानें ख़त्म होती थीं, लकड़ी की चिराई के लिए आरा मशीनें

और दरवाज़ा, खिड़की, चौखट आदि के निर्माण के तीन-चार नये कारख़ाने खुल गए थे। यह ठेकेदार साहब के आदमियों के थे। इनका प्रमुख व्यवसाय कायाकल्प का था। जी नहीं, ये ब्यूटी पार्लर-जैसी चीज़ नहीं थे। ये सिर्फ़ जंगल में चोरी से काटी हुई लकड़ी का कायाकल्प करके उसे नीलाम में ख़रीदी लकड़ी की हैसियत दे देते थे। कैसे? लकड़ी के बड़े-बड़े कुन्दों को यह कारख़ाने पटरों, चौखटों, दरवाज़ों, खिड़कियों आदि में बदल देते थे। फिर ट्रक पर जब यह सारा माल लद जाता तो, जैसे बाज़ार में बिकनेवाले मसाले के पैकेट में पिसी धनिया के बीच घोड़े की सूखी लीद की पहचान नहीं हो सकती, यह जानना असम्भव होता कि कौन लकड़ी चोरी की है और कौन सरकारी नीलामी की। ट्रक पर जानेवाले लकड़ी के कुन्दों की तो रोक-टोक हो सकती थी, पर मसाले के इन पैकेटों पर कोई पाबन्दी मुमकिन न थी।

इसीलिए ठेकेदार साहब वन-प्रभाग की नीलामी में सरकारी लकड़ी पर ऊँची-से-ऊँची बोली लगाते। वह लकड़ी उन्हें हर हालत में लेनी थी। उनके कारख़ाने में पहुँचकर उसकी हैसियत वही हो जाती जो उद्योगों के लिए क़र्ज़ लेने में 'मार्जिन मनी' की होती है। इस लकड़ी के सहारे वे उससे नौ गुना वज़न और आयतन तक की लकड़ी को जंगल के चोर-बाज़ार से दो-मुश्त ख़ाक-नुमा दरों पर खींचकर 'मेसर्स इक़बाल हुसेन एंड ब्रोज़, गवर्नमेंट कांट्रैक्टर एंड टिम्बर मर्चेंट' की फ़र्म चमका रहे थे। जब तक उनकी आख़िरी बोली के राकेट पर चढ़े हुए वन अधिकारी आपस में बधाइयाँ बाँटते, जंगल का दूसरा टुकड़ा कटकर सीधे इन कारख़ानों में पहुँच

जाता। वन-प्रभाग की समृद्धि का ग्राफ़ ऊपर उठते हुए जितना ही चमकता, उसी अनुपात से प्रभाग के पेंदे का सूराख़ चौड़ा होता जाता। पर अच्छाई यह है कि गतिशील अर्थव्यवस्था में सिर्फ़ ग्राफ़ देखा जाता है, पलटकर पेंदा नहीं देखा जाता।

राष्ट्र-निर्माण में उठाईगीरी की भूमिका

मित्र के मकान तक पहुँचानेवाली गली इतनी सँकरी थी कि अगर कोई औरत-मर्द आमने-सामने से निकल जाते तो इतने पर ही एक का बलात्कार, या दोनों का व्यभिचार के ज़ुर्म में चालान हो सकता था। इस वक़्त तो वहाँ कचरे और कीचड़ के पैबन्द भी छितरे हुए थे। जैसे वे बिजली के नंगे तार हों, इस तरह उनको बचाते हुए मेरे मित्र दीवार के सहारे फुदक-फुदककर सड़क तक आए, पीछे-पीछे मैं। हम लोग इक़बाल मियाँ उर्फ़ ठेकेदार साहब उर्फ़ सत्ता पार्टी के स्थानीय अध्यक्ष की दावत खाने जा रहे थे। हम लोग आमंत्रितों की पहली सूची में न थे, प्रदेश के वित्तमंत्री की सिफ़ारिश पर बाद में शामिल किए गए थे।

कम्प्यूटर प्रशिक्षण—आज ख़त्म हो गया था। वित्तमंत्री समापन-भाषण देने आए थे। जलसे के मुख्य अतिथि थे राज्य मंत्री, प्रशासनिक सुधार और कोई ऐसा-ही-वैसा विभाग। कर्ता-धर्ता : बी.डी.ओ. साहब। दावत का मैदान : कोठी नम्बर तीन का अहाता। दावत के प्रमुख आकर्षण : बकरा, मुर्ग़ा, मछली। फिर मनोरंजन कार्यक्रम में ग्राम-गीत, बिरहा : बिरहा का प्रमुख विषय : बीस-सूत्री कार्यक्रम

की गौरव-गाथा, रा-ा-ा जी-ी-ी वा-ा-ा भइया का दीन-दुखियों से तीन पीढ़ी का लगाव।

इधर जंगल के किनारे कुछ आदिवासी बसे हैं। बकरियों और मुर्ग़ियों की आपूर्ति उनकी झोंपड़ियों से होती है। उस तरफ़, जहाँ बहुत दूर पेड़ों के झुरमुट के पास एक छुद्र नदी बहती है, धीवरों के घर हैं। वहाँ से मछली आती है। ये चीज़ें इस इलाक़े में इफ़रात से मिलती हैं। नदी के किनारे चुवाई हुई कच्ची दारू भी। मछली या मुर्ग़ा ख़रीदने पर दारू किफ़ायती दर से मिल जाती है। कुल मिलाकर, खाने-पीने की सुविधा है, बशर्ते कि दाम देने का बूता हो। वह ठेकेदार साहब में है ही।

वित्तमंत्री भारतीय पत्रकारिता को ग़ैरज़िम्मेदार और ओछी मानने के लिए मशहूर हैं। पर 'पाप से घृणा करो, पापी से नहीं' का सिद्धान्त मानकर पत्रकारों को वे प्यार करते हैं। पत्रकारों में भी पत्रों के मुख्य सम्पादक और रिपोर्टर उनके प्यार और सत्कार के घड़े से छककर पी सकते हैं। उप-सम्पादकों और दूसरे डेस्क अफ़सरों के लिए सिर्फ़ तलछट बचती है।

वैसे तो मैं इसी तलछट सूँघनेवाली श्रेणी का था, पर वित्तमंत्री मुझे जानते थे। इसीलिए आमंत्रितों की पुनर्विचारित सूची में मुझे और मेरे मित्र को जगह मिल गई। पर दावत में मैंने पाया, पूरे मजमे में अकेला ग़ैरसरकारी पत्रकार होने के नाते मैं हाशिएवाला अतिथि नहीं हूँ, मंत्री जी की मुस्कान की स्पाटलाइट बार-बार मुझी पर पड़ रही है।

दावत और ग्राम-वाम गीत-वीत के बाद और मंत्री जी के वापस जाने के पहले थोड़ी देर हम लोग इधर-उधर की हाँकने के लिए

रुके। पर इधर-उधर की हाँकने में भी मंत्री तो राष्ट्र-निर्माण, गरीबी की रेखा, ग्राम-विकास आदि की बात करेगा ही। उसी के दौरान वित्तमंत्री ने उमरावनगर के चमत्कारी विकास का ज़िक्र किया, उस पर मेरा अनुमोदन माँगा, यह भी बताया कि ज़मीन न मिल पाने के कारण जो सिंचाई-परियोजना यहाँ इतने साल से अधूरी पड़ी थी वह अब शीघ्र पूरी हो जाएगी।

"तब तो उधरवाला वह बाज़ार भी जल्दी ही बन जाएगा," मैंने कहा।

"वह तो बनेगा ही। यहाँ इतना स्टाफ़ आकर रहेगा कि एक बड़े आधुनिक बाज़ार के बिना काम नहीं चलेगा।"

'उधरवाला' बाज़ार मैं दो-तीन दिन पहले देख चुका था। अधूरी इमारतें पड़ी थीं, ईंट की दीवारों पर काई जमी थी। पता ही नहीं चलता था कि किसी पुरानी इमारत का खँडहर है, या नई की शुरुआत है, क्योंकि सिंचाई-परियोजना चार साल पहले ठप हो गई थी। उसकी सीमेंट, लोहे और दूसरी सामग्री से गुप्ता जी नामक भट्ठेवाले जितना बनवा सकते थे, बाज़ार का उतना भाग बनवा चुके थे। परियोजना के साथ बाज़ार का काम भी ठप हो गया था।

"आप तो यहाँ कई दिन से हैं। यहाँ की ज़ोरदार प्रगति और विकास को आपने ख़ुद देखा है। देखिए, अख़बारों में हत्या, बलात्कार और राहजनी आदि पर ख़ूब छपता है, क्या इस पर कुछ नहीं लिखा जाना चाहिए? ग्रामीण अर्थशास्त्र में मैं आपकी रुचि जानता हूँ। लिखेंगे न?"

वे और उनके लग्गू-भग्गू मुझे उत्साह से ताक रहे थे। मुझे कुछ सोचना नहीं था, पर सोचने का अभिनय करना ज़रूरी था।

कुछ रुककर, यह देखते कि मेरे श्रोताओं में इक़बाल मियाँ और ठाकुर साहब आदि भी मौजूद हैं, मैंने मंत्री जी से अंग्रेज़ी में कहा, "लिखना तो मैं ज़रूर चाहूँगा पर एक सैद्धान्तिक गुत्थी का हल मैं नहीं निकाल पाया हूँ। केन्द्र में आपका वित्त मंत्रालय बार-बार दोहरी अर्थव्यवस्था, काला धन, कर-चोरी, ग़बन, धोखाधड़ी आदि के ख़िलाफ़ ज़िहाद बोलने की घोषणा करता है; पर छोटे पैमाने पर यहाँ का अध्ययन करके मुझे लगता है कि राष्ट्र-विकास के सरकारी प्रयासों के साथ अगर इन प्रवृत्तियों का खुले तौर से जोड़ मिल जाए तो विकास की प्रक्रिया बहुत तेज़ हो जाएगी। अगर सार्वजनिक कार्यक्रम में चोरी और उठाईगीरी न चलती होती तो मुझे पूरा यक़ीन है कि उमरावनगर में अब तक चार-छह सरकारी इदारे खुल जाने के बावजूद वह आज भी उन्हीं खपरैल की झोंपड़ियोंवाला गाँव बना होता और जो आज यहाँ मध्यवर्ग के अभिजात परिवार हैं, वे ग़रीबी की रेखा के नीचे घिसट रहे होते। ये कोठियाँ, ये कारख़ाने, ये समृद्ध दुकानें...।"

अचानक ठाकुर साहब कुछ बोले और मैं सन्न रह गया। उन्होंने अंग्रेज़ी में कहा, "आप हम सबको चोर और उठाईगीर बता रहे हैं?"

जितनी भी रही हो, मैंने अपनी सारी शिष्टता उन पर उँडेल दी; उन्हें ठंडा करने के लिए अर्थशास्त्र के कुछ बड़े फिकरों का प्रयोग किया, ताकि उन्हें यक़ीन हो जाए कि बात गाली-गलौज की नहीं, ऊँचे सैद्धान्तिक विश्लेषण की है। ग़लतफ़हमी के लिए उनसे मुआफ़ी माँगी, कहा, "जी नहीं, मैं दूसरी ही बात कर रहा हूँ। देश की राजधानी का उदाहरण लें। पिछले एशियाड में सैकड़ों

करोड़ रुपये लगाकर राजधानी का आधुनिकीकरण किया गया। उसी प्रक्रिया में हज़ारों छुटभैये, ग़रीबी की रेखा और निम्नवित्तीय वर्ग का बाड़ा तोड़कर ऊपर उभर आए। उठाईगीरी से ही सही, अपनी कोठियों और बैंक लाकरों और नई मोटरों के बूते वे मध्यवर्ग में घुस चुके हैं। मैंने माना कि अगर चोरी और उठाईगीरी के तत्त्व सक्रिय न होते तो एक बड़ी सार्वजनिक धनराशि आपके हाथों उन्हीं के नियोजित कल्याण के काम आ सकती थी, पर उसमें वक़्त लगता। यह भी तय न हो पाता कि सरकार की निगाह में उनका जो नियोजित कल्याण है, वह ख़ुद उनकी निगाह में कल्याणकारी है या नहीं।"

वित्तमंत्री बोले, "मज़ाक़ आप अच्छा करते हैं, पर मज़ाक़ में भी यह न भूलिए कि आज भी देश के सैंतीस फ़ीसदी लोग ग़रीबी की रेखा के नीचे हैं। और उनका चोरी और उठाईगीरी में विश्वास नहीं है।"

मैंने कहा, "नहीं है तो हो जाएगा। उमरावनगर से नई दिल्ली तक, राष्ट्र-निर्माण के बाई-प्रोडक्ट के रूप में, मध्यवर्ग का जो एक पूरा समुदाय शुद्ध चोट्टेपन के आधार पर उभर रहा है, उसका उदाहरण ग़रीबी की रेखावालों से छिपा नहीं है। क्या यहाँ नदी-किनारे बसनेवाले मल्लाह नहीं जानते कि उनके लिए मछली-पालन के क़र्ज़ की दलाली करके कोई भी ग्राम विकास अधिकारी साल-भर में लखपती बन सकता है?"

मैंने मंत्री जी को लगभग पुचकारते हुए कहा, "अब मान भी जाइए। घूसख़ोरी, फ़रेब, काले धन्धे आदि के ख़िलाफ़ शोर न मचाकर अब इन धन्धेवालों से समन्वय करके कुछ दिनों के लिए

एक सचमुच की समन्वित ग्राम विकास परियोजना लागू हो जाने दीजिए। फिर देखिए, विकास कैसे तेज़ी से होता है।"

मंत्री जी ज़ोर से हँसे, बोले, "आपका मसख़रापन कभी जाएगा नहीं। आप भ्रष्टाचार और चोरी के सिद्धान्त पर राष्ट्र का निर्माण करना चाहते हैं?"

इस बार मेरे मित्र ने पहली और अन्तिम बात कही, "जी नहीं, ऐसा नहीं है। आप लोगों की कृपा से राष्ट्र का निर्माण वास्तव में जिस तरह हो रहा है, हमारे दोस्त उसी प्रक्रिया को एक सैद्धान्तिक आधार देने की कोशिश कर रहे हैं।"

कुम्भीपाक के असिपत्र की ओर

लौटते में बकरियों और मुर्ग़ों की सोहबत से बचना चाहता था। इसलिए मुँह-अँधेरे हम दोनों किसी इक्के के इन्तज़ार में सड़क पर आकर खड़े हो गए। ट्रांसपोर्ट यूनियन ने रेल, सरकारी बस, टेम्पो, टैक्सी आदि का जहाँ चक्का जाम किया था, वहीं इक्केवालों को टिक्-टिक् करते रहने की छूट दे रखी थी। पुरानी चीज़ है, अपने-आप कभी-न-कभी सड़कर गिर जाएगी, ऐसी ही किसी धारणा के अनुसार जैसे लोग अपने पुराने छप्पर में आग नहीं लगाते, वैसे ही उन्होंने इक्केवालों के चौपट व्यवसाय में भी हस्तक्षेप नहीं किया था।

ज़्यादा देर रुकना नहीं पड़ा। धुँधलके में दूर से दीखा तो नहीं, पर इक्के का आना सुनाई ज़रूर पड़ा। पास आने पर मित्र ने उसे रुकने को कहा। जवाब में इक्केवाले ने घोड़े को कोड़ा

लगाया, ललकारा और इक्का तेज़ी से सड़क पर भागा। मित्र ने 'रुको, रुको' की आवाज़ लगाई, हम दोनों पीछे दौड़े भी, पर तब भी नहीं रुका।

तब मित्र ने दहाड़कर इक्केवाले को एक बड़ी फूहड़ गाली दी। "रुक साले, नहीं तो...।" 'नहीं तो' का तत्काल असर हुआ। इक्का रुक गया।

मित्र ने जवाबतलब करना शुरू किया। इक्केवाले ने बताया कि इन लल्ली ने पूरा इक्का किराए पर ले रखा है, दूसरी सवारी नहीं बैठानी है। तब बात इक्के पर बैठी लल्ली पर आ गई, जिसे संक्षिप्त करते हुए लल्ली ने इक्केवाले से कहा, "इन्हें बैठा लो और इक्का आगे बढ़ाओ।"

इस तरह के इक्के को इधर खड़खड़ा कहते हैं। वह बैलगाड़ी की तरह खड़खड़ाकर चलता है। अगर उसके पहिये ठोस लकड़ी के हों और एक घोड़े की जगह दो बैल जुते हों तो इसे बैलगाड़ी भी कहा जा सकता है। मतलब यह कि उसमें दो आदमियों के फैलकर बैठने की गुंजाइश थी, यह और बात है कि लल्ली नामक सवारी, जब तक हम परिचित नहीं हो गए, बराबर सिकुड़कर बैठी रही।

परिचित तब हुए जब कई किलोमीटर निकल जाने पर उन्होंने बुर्के का नक़ाब उलटा। 'इधर आसमान उलटा, उधर आफ़ताब उलटा' वाली बात तो नहीं हुई, पर मैं वह चेहरा देखते ही अचकचा उठा। पर्दानशीन लल्ली कोई मुस्लिम महिला न थी, छँटते धुँधलके में मैंने पहचाना, वे 'सियादुलारी' थीं।

"सियादुलारी? आप?"

सार्वजनिक सभाओं में सम्भाषण के अभ्यास से उन्होंने संक्षिप्त, सधे ढंग से कहा, "मेरा नाम फूलमती है।"

धीरे-धीरे, अंग-संचालन का कम-से-कम इस्तेमाल करते हुए, उन्होंने बुर्का उतारा। उसे क़ायदे से तह करके एक झोले में रख लिया। उनके जिस्म पर इस समय पीली साड़ी न थी, न कत्थई ब्लाउज़ था। वे नाइलान की छापेदार साड़ी पहने थीं। साँवले रंग पर एकदम तो नहीं जम रही थी, पर उनकी उम्र में बुरी भी नहीं लग रही थी।

मेरे दिमाग़ में कई सवाल थे, पर पूछने को एक भी न था। जवाब उन्होंने ही शुरू किया, "बड़ा घिनौना आदमी है।"

यह दिखाने को कि मैं समझ रहा हूँ, मैंने सर हिलाया। वे बोलीं, "आप बाहरी आदमी हैं, इसलिए आपसे कहने में कोई हर्ज़ नहीं। तीन किलोमीटर आगे जो चौराहा आएगा, वहाँ उमिरिया से शहर जानेवाली बसें मिलती हैं। हमें पहली बस मिल जाएगी।"

"मैं भी उसी से शहर जा रहा हूँ।"

"आप उससे मत जाइएगा। वहीं रुके रहिए। बादवाली बस से जाइए।"

इक्केवाले ने कहा, "तुम चौराहे के पहले ही उतर जाना बाबूजी! कोई तुम्हें इनके साथ देखे, उससे फ़ायदा क्या है?"

"नुक़सान ही क्या है।"

फूलमती ने कहा, "तब ठाकुर साहब और स्वामी जी महाराज के चेले मास्टर साहब को तंग करेंगे। समझेंगे, मैं आप दोनों के कहने पर वहाँ से भागी हूँ।"

"आप भाग रही हैं?"

इसका उन्होंने तुरन्त कोई जवाब नहीं दिया। इक्केवाला बोला, "इनके बापू शहर में बीमार पड़े हैं। उनका और कोई नहीं है। स्वामी जी महराज इन्हें वहाँ जाने नहीं देना चाहते।"

"ज़िलेदार साहब अभी ज़िन्दा हैं?"

यह बेवकूफ़ी-भरा सवाल था। पर मेरे लिए बड़ा स्वाभाविक था। उनकी पुरानी कथाएँ, एक मल्लाह बेवा से उनके नाते-रिश्ते सुनते-सुनते मैं उन्हें इतिहास-पुरुष मान बैठा था।

फूलमती ने तमककर कहा, "ज़िन्दा नहीं तो क्या मर गए? आप यही चाहते हैं?"

क्षमायाचना में मैंने सर नीचा कर लिया। उन्होंने सहज बनकर कहा, "बापू शहर में रहने लगे थे। मैं भी वहीं पढ़ती थी। अम्मा उमरावनगर में ही रहीं। साल-भर बहुत बीमार रहीं। पेट में शूल उठा करता था, संग्रहणी, बुख़ार—न जाने क्या-क्या। अब बापू को भी यही रोग लगा है।"

कुछ कहना था, इसलिए पूछा, "तो बापू की देखरेख के लिए जा रही हैं?"

इस बार इक्केवाला भड़का, बोला, "इन्हें जाना तो था ही। स्वामी जी महराज इनकी जगह एक दूसरी सियादुलारी ला रहे हैं। तुमने वहाँ देखा होगा बाबूजी, एक गोरी-गोरी चमकुल-सी जनाना आगे बैठी रहती है। स्वामी जी अब कहने लगे हैं कि सियादुलारी साँवले रंग की नहीं हो सकतीं।"

"तब स्वामी जी इन्हें जाने क्यों नहीं देना चाहते?"

"स्वामी जी हैं। अपनी लीला आप जानें।"

चौराहे के कुछ पहले ही मैं उतर गया। उतरते-उतरते पूछा, "यहाँ कोई स्वामी जी का चेला मिल गया तो?"

"यहाँ मुझे कोई डर नहीं है। राकेश भाई यहाँ पहले ही आ गए हैं।"

"राकेश भाई?"

"हमारी युवा पार्टी के अध्यक्ष हैं न जो, वही। आप नहीं जानते? बहुत बड़े युवा नेता हैं।"

चिड़ियाँ चहकने लगी थीं, पर किसी की भी चहक अब फूलमती-जैसी न थी। मैंने इक्के पर हाथ रखकर उसे रोके रखा, मेरी सुन्न जिज्ञासाएँ जाग उठी थीं।

"तो बापू के साथ रहते हुए आप राकेश भाई के साथ काम करेंगी?"

"पढ़ूँगी और काम भी करूँगी। राकेश भाई कहते हैं, मैं बोल बहुत अच्छा लेती हूँ। पहाड़ों पर एक युवा-कैम्प लगनेवाला है। राकेश भाई कहते हैं, वहाँ मुझे कैम्प में अधातम पर लेक्चर देने होंगे।"

"काहे पर?"

"अधातम पर। भौतिक जगत् निस्सार है न।"

उन्हें नमस्कार करके इक्के को आगे बढ़ जाने दिया। इच्छा हुई थी, एक बार उन्हें आगाह करूँ, उस निस्सार भौतिक जगत् की व्यवस्था के बारे में समझाऊँ जिसमें एक मल्लाह बेवा एक भद्रपुरुष का आसरा पाकर भी यतीम की तरह शायद नासूर से बिला इलाज मरी है, जिसमें उसकी लड़की उससे भी ज़्यादा भयानक एक सामाजिक नासूर का शिकार हो रही है। पर उसका न समय

था, न मेरी उस बात का कोई श्रोता ही था। फिर भी, अब कल रात की मेरी बातचीत का एक जवाब सवाल की शक्ल में ऊपर उभरने लगा : चोरी और उठाईगीरी की व्यवस्था कुछ दिनों के उस विकास की झलक भले ही दिखा दे जो मध्यवर्गियों का स्वर्ग है, पर उसमें फूलमती की जगह कहाँ पर होगी?

पुराणों में कुम्भीपाक मवाद और मज्जा से भरा हुआ एक नरक है, एक दूसरा नरक असिपत्र है जहाँ राह में खड़े पेड़ों पर तलवारों की पत्तियाँ होती हैं और वे पग-पग पर देह में घाव करती हैं। शरत्काल की इस सुनहरी सुबह में मेरा मन तब उसके लिए भारीपन महसूस करने लगा जिसकी राकेश भाई चौराहे पर राह देख रहे हैं, जो कुम्भीपाक से छूटते ही असिपत्र की ओर बढ़ने लगी है। उमरावनगर का विकास चाहे वित्तमंत्री के सिद्धान्तों से हो, चाहे इक़बाल मियाँ की व्यवहार-बुद्धि से, इन नरकों की सत्ता पर उसका कोई असर नहीं पड़ेगा। फूलमती की याद करके मुझे लगा, ये दोनों विकास-तंत्र यहीं एक साथ मुँह के बल गिरते नज़र आते हैं।

कुन्ती देवी का झोला

वसन्त का प्रभात था। कहने की ज़रूरत नहीं कि सुहावना था। कविता की परम्परा में वह इसके अलावा और क्या-क्या था, यह कहने की तो बिलकुल ज़रूरत नहीं। जो कहना है वह यह कि ऐसे ही प्रभात में कुन्ती देवी के साथ के पाँच आदमी, जिन्हें आप बढ़ई-लुहार की तरह उनके व्यावसायिक नाम से पुकारना चाहें तो डकैत कह सकते हैं—हिम्मतपुरा गाँव में आए और नीम की छाँव में उसी कुएँ की जगत पर बैठ गए जहाँ वे कल दोपहर को भी आकर बैठे थे। फ़र्क़ इतना था कि कल पाँच की जगह वे ग्यारह थे और उनके साथ कुन्ती देवी भी थीं।

जिस तरह बढ़ई-लुहार और दूसरे कामगार अपने काम से फ़ुर्सत पाकर चना-चबेना करने के लिए अपने औज़ारों के साथ किसी भी कुएँ की जगत पर बेखटक बैठ सकते हैं, लगभग उसी

इत्मीनान से, अपनी-अपनी बन्दूकें और राइफ़लें लिये, वे पाँचों भी वहाँ बैठे रहे और ज़िन्दगी के बारे में छोटी-मोटी बातें करते रहे। पर जिस लड़के को भेजकर उन्होंने पूरे गाँव के आदमियों को कुएँ पर आने के लिए बुलाया था उसके गाँव के दूसरे छोर तक पहुँचते-पहुँचते चारों ओर सन्नाटा छा गया। धीरे-धीरे गाँववाले वहाँ सिमटकर आते गए और ज़मीन पर बैठते गए। प्राचीन काल होता तो वे मुँह में तिनके दबाकर और अपने आगे-पीछे कोई गाय लेकर आते, पर बिना इन अलामतों के भी उनके चेहरे बता रहे थे कि वे सभी अपने प्राणों की भीख चाहते हैं।

जो पहले ही खेतों पर चले गए थे, डकैतों ने उन सबके लौटने का इन्तज़ार नहीं किया। उनके काम-भर का श्रोता-वर्ग आ चुका था। एक से दूसरे सिरे तक उस पर पैनी निगाह डालकर एक डकैत ने कहा, "कुन्ती देवी का झोला कहाँ है?"

कुन्ती देवी इस गिरोह की नेता थीं और सिर्फ़ इस कारण कि वे महिला और दस्यु साथ-साथ थीं, पुलिस और प्रेस के बीच दस्यु सुन्दरी कही जाती थीं। गाँववालों को उनकी सुन्दरता का पता न था, उनके पल्ले कुन्ती देवी की दस्युता-भर पड़ी थी। यह अकेला जुमला सुनकर गाँववालों की तुरन्त समझ में आ गया कि कोई एक झोला है जो कुन्ती देवी का है और जो खो गया है। यह भी समझ में आ गया कि वे गहरे संकट में हैं।

डकैतों ने डाँट-डपट नहीं की। ताकत के एहसास से उपजी जिस शिष्टता का परिचय नादिरशाह ने शहंशाह मुहम्मद शाह से कोहेनूर हीरा हासिल करने के लिए दिया होगा, उसी के साथ वे गाँववालों को अपनी बात समझाते रहे। कल उनका गिरोह इसी

गाँव से निकला था। इसी कुएँ पर रुककर उन्होंने रोटी खाई थी। चलते वक़्त कुन्ती देवी अपना झोला यहीं कहीं भूल गई थीं। अभी उसका पता नहीं चला है। गाँववालों को चाहिए कि वह जहाँ कहीं भी छिपाकर रखा गया हो, उसे निकालकर वापस कर दें।

"दो-एक दिन में हम लोग फिर आएँगे," दूसरे डकैत ने कहा, "अगर तब तक तुम लोगों ने झोला वापस नहीं किया तो बर्बाद हो जाओगे।"

यह धमकी थी पर आशीर्वाद की तरह दी गई थी। इसके झटके से गाँववाले उबर भी न पाए थे कि ऐसी कड़क के साथ जो फ़िल्मों और नाटकों में डकैतों के लिए ख़ासतौर से सुरक्षित की गई है, तीसरे डकैत ने कहा, "और ख़बरदार, अगर इस सबके बारे में पुलिस को बताया तो किसी की ख़ैर नहीं। तुममें से एक-एक को गोलियों से भून दिया जाएगा।"

आवाज़ ही नहीं, संवाद भी फ़िल्मी था। पर उससे गाँववालों का संकट घटा नहीं, उन्हें जकड़कर वहीं जम गया। कोई कुछ नहीं बोला। सिर्फ़ जब वे पाँचों चलने को तैयार हुए तब एक बुड्ढे ने बैठे-ही-बैठे, हाथ जोड़कर पूछा, "मालिक, यह झोला कैसा है? मतलब, कपड़े का है कि कुछ और? रंग-वंग?"

एक डकैत ने कहा, "गांधी आश्रम का है।"

बुड्ढे के चेहरे ने बता दिया कि वह कुछ समझ नहीं पाया है। तब डकैत ने उसे धीरज से समझाया, "खादी का है। हरे और सफ़ेद रंग का। कन्धे से लटकाया जानेवाला।"

उसी दिन सरे शाम गाँव में पुलिस ने धावा बोला। आते ही उन्होंने एक-एक घर की तलाशी ली और अब उन्हें कुन्ती देवी

का झोला नहीं मिला तो दो घरों में उन्हें देसी कारतूसी तमंचा मिल गया। उसके बाद जिन पर तमंचे का इल्ज़ाम था, उनकी रस्मी पिटाई करके पुलिस ने भी गाँववालों को उसी तरह एक जगह इकट्ठा किया और कहा, "हमें पता चल गया है कि कुन्ती का गिरोह आज यहाँ आया था। तुमने हमें इसकी इत्तला क्यों नहीं दी? क्यों बे प्रधान के बच्चे?"

प्रधान का बच्चा यानी हेकड़ी के साथ गाँव सभा का चुनाव जीतकर जो प्रधान बना था वह पीछे दुबका खड़ा था। उसने कहा, "हमारी जानकारी में यहाँ कोई नहीं आया सरकार!"

इसके जवाब में पुलिस ने गालियों की बौछार शुरू की और जब तक वह बदलकर मूसलाधार बारिश बनी तब तक प्रधान के इस वाक्य से गाँववालों ने आपस में कोई बात किए बिना एक बात तय कर ली। सभी गुहार मचाने लगे कि उनके गाँव में कुन्ती देवी या उनके गिरोह का कोई आदमी कभी नहीं आया। यह बात हाथ हिलाकर, रोकर, बहककर, घिघियाकर, कसमें खाकर, अकड़कर और वे सारी मुद्राएँ दिखाकर कही गईं जो झूठ का इल्ज़ाम लगने पर हर सच्चे आदमी को दिखानी पड़ती है। जवाब में पुलिस ने कुछ और गालियाँ दीं, ज़्यादा उत्साह से बोलनेवालों को एकाध बेंत भी लगाए।

तब दारोगाजी ने कहा, "तुम सभी जानते हो कि हरगाँव में परसों भारी डाका पड़ा है। यह कुन्ती देवी के गिरोह का काम है। डाके में दो किलो वज़न के सोने के जेवर लूटे गए हैं। उनकी कीमत जानते हो? पाँच लाख रुपये। हमें पता है कि कुन्ती ने वे जेवर इसी झोले में रखे थे। तुम लोग यह पाँच लाख का माल चुपचाप हजम करना चाहते हो? ट्रक के पहियों में जिस पम्प से हवा भरी

जाती है, उसी से मेढक के पेट में हवा भर दी जाए तो क्या होगा? पेट भड़ाम से फूट जाएगा। तुम्हारा भी यही हाल होनेवाला है। पाँच लाख रुपया हजम करना तुम्हारे बूते का नहीं है। पूरे गाँव पर दफा चार सौ बारह चलेगी," फिर कड़ककर, "निकालो झोला!"

पर जिसका झोला था, जब वही गाँव में नहीं आई तो झोला कहाँ से आता? फिर भी पुलिस ने गाँववालों को झोला बरामद करने के लिए चौबीस घंटे का समय दिया, दूसरे दिन फिर शाम को दोबारा आने की धमकी दी और दो देसी तमंचों और उतने ही अभियुक्तों के साथ थाने की ओर वापस चले गए।

गाँव बहुत छोटा था, यही चालीस-पचास घर, यानी बीहड़ के एक सिरे पर झोंपड़ियाँ, जैसे किसी चुचके, मटमैले चेहरे पर मुँहासे फैले हों। सभी धरती के छोटे-छोटे रूखे-सूखे टुकड़े जोतकर ज्वार, चना या अरहर पैदा करते जो कभी होती और कभी न होती। इतना अच्छा था कि एक ओर बस्ती के पास ही जहाँ धरती इतनी ऊबड़-खाबड़ न थी, कँटीली झाड़ियों का एक छोटा-सा जंगल था और कुछ महुए के बाग़ थे। चना और अरहर का उतना नहीं, जितना गाँववालों को महुए का सहारा था। वे महुए के फूल सुखाते और उनकी कच्ची शराब चुवाते। बचे हुए फूलों में सफ़ेद तिल मिलाकर उन्हें कूटते और उसे खाते। फल के छिलके की गर्मियों में सब्ज़ी पकाते, फल का तेल निकालते और साल में एकाध बार जब तीज-त्योहार में पूड़ी खाने की धार्मिक मजबूरी होती तो इसी तेल में पूड़ियाँ तलते। महुए के पत्तों का पत्तल में

उपयोग करते। महुए की लकड़ी कमज़ोर होती है। दरवाज़े और चौखट उतने अच्छे नहीं बनते। पर वे दरवाज़े और चौखट भी बनाते। मर जाने पर महुए की लकड़ी अपनी चिता में जलाते, जिसके लिए वह घरेलू फर्नीचर के मुक़ाबले सचमुच ही ज़्यादा कारगर सिद्ध होती।

ऐसे लोगों के सामने पाँच लाख रुपये की गिनती मोटर पम्प की मदद के बिना ही उनके पेट को गुब्बारे-जैसा फुलाकर फोड़ने के लिए काफ़ी था। बचत इसी में थी कि झोला खोज निकाला जाए और इसके पहले कि उनके पेट भक्क-से फूटें उसे सही हाथों में सौंप दिया जाए। पर सही हाथ सवेरे के मेहमानों के होंगे कि शामवालों के, यह तय नहीं हो पाया। फिर भी वे रात-भर अपने-अपने घरों के पास झोले की तलाश करते रहे, लालटेन लटकाकर कुएँ में कई बार काँटा भी डाला गया। सवेरा होते ही उन्होंने आसपास का जंगल, बाग़ें और बीहड़ भी छाना। पर झोला नहीं मिला। उनकी जगह उन्हें गाँव के दूसरी ओर के बीहड़ की राह से आते हुए वे पाँच आदमी मिले जो द्वापर होता तो कुन्ती के पाँचों पति होते, कलजुग में केवल उसके कारकून थे।

तीन दिन तक यही होता रहा। कभी डाकू आते, कभी पुलिसवाले। गाँववालों की छाती पर बिछे हुए किसी अनदेखे तख़्ते के एक छोर पर डाकू और दूसरे छोर पर बैठे पुलिस के लोग 'सी-सा' का खेल खेलते रहे। हर बार गाँव का कोई-न-कोई आदमी पिटता, उसकी छाती की ओर राइफ़लें तनतीं, गाँव को जला देने की धमकी मिलती और उनके दिलों में इतनी ठोस दहशत पैठ जाती कि रात को घंटों धोने पर भी महुए का ठर्रा उसे धो नहीं पाता।

तब चौथे दिन प्रधान ने बुन्देलखंडी चमरौधा जूतों पर मैली धोती, उजला कुर्ता, टोपी और अँगोछा पहना, दो जवानों को साथ लिया और सबकी आँख बचाकर कई कोस दूर उस क़स्बे का रास्ता पकड़ा जहाँ उनके एम.एल.ए. रहते थे। पर यह विदेश यात्रा और एम.एल.ए. के साथ हुई शिखर-वार्ता भी असफल रही।

हुआ यह कि एम.एल.ए. सिद्धान्तवादी निकले। उन्होंने कहा कि मामला पाँच लाख रुपये के ज़ेवरों का है। पुलिस अगर उनकी तलाश कर रही है तो ठीक ही कर रही है। अगर वे ज़ेवर तुममें से किसी के पास हैं तो उन्हें तुरन्त थाने पर जमा कर देना चाहिए। इसमें मैं तुम्हारी क्या मदद कर सकता हूँ? चाहो तो बस इतना कि वह झोला तुम मेरे हवाले कर दो और तुम्हारी तरफ़ से मैं उसे थाने पर जमा कर दूँगा। तुम्हें ख़ुद थाने पर नहीं जाना पड़ेगा। पता नहीं वहाँ पर क्या बीते। यह और देख लूँगा कि पुलिस तुम्हारा चालान न करे, मुक़दमे में तुम्हें सरकारी गवाह बना ले।

उस दिन, अपनी भावी योजना की बानगी के तौर पर डाकुओं ने तीन झोंपड़ियाँ जला दीं और पुलिस ने उतने ही आदमियों का नाजायज़ शराब बनाने के जुर्म में चालान कर दिया।

पाँचवें दिन दोपहर को दो लड़के, अपने एक निजी काम से कँटीले जंगल की ओर गए। उनमें बड़ा बारह और छोटा दस साल का था। कहा जा चुका है कि वसन्त की सुहानी ऋतु थी और हर सुहानी ऋतु में उन्हें जंगल में भटकना अच्छा लगता था। निजी काम यह था कि उन्हें घुंघची इकट्ठी करनी थी और घुँघची कँटीले झाड़ों से लिपटी हुई एक लता में पाई जाती हैं। भगवान ने घुँघची के लाल दानों के ऊपर जो काली बुन्दी लगा दी है, वह

इन लड़कों को ख़ासतौर से अच्छी लगती थी और आज उन्होंने सोचा था कि वे चुपके से जंगल में निकल जाएँगे और ढेर सारी घुँघची इकट्ठा कर लेंगे।

उन्होंने किया भी और उसी धुन में उस झुरमुट के पास पहुँच गए जहाँ महुए के दो-चार पेड़ों के इर्द-गिर्द झाड़ियाँ बड़ी गझिन हो गई थीं। उनके अन्दर घुसना आसान न था। पर भीतरी अँधेरे को बेधकर आती हुई धूप के चकत्तों में उन्हें घुँघची की दुबली-पतली लताएँ न दीखते हुए भी दीख पड़ीं। उन्होंने इस माहौल में उनसे लटकी हुई कुछ फलियाँ भी देखीं जो आधा सूखकर बीच में फट गई थीं, जिन पर चिपके हुए घुँघची के दाने उन्हें अपनी लाल-काली चिकनी चमक के साथ अपनी ओर खींच रहे थे। झाड़ियों के नीचे से घुटनों के बल खिसककर वे धीरे से झुरमुट के बीच जा पहुँचे और अपनी पीठ एक महुए के तने से टिकाकर धूपछाँही धुँधलके में चारों ओर निहारने लगे। वहाँ उन्होंने तने के दूसरी ओर पड़े हुए हरे-सफ़ेद झोले को देखा।

दोनों के चेहरे ठस हो गए। उनकी आँखें फैल गईं और कुछ देर वे एक-दूसरे को बिना पलक माँजे देखते रहे। धीरे-धीरे उनके चेहरों में हरकत आई और बड़े के होंठों पर एक हल्की मुस्कान उतरी। बाद में उसके होंठ फैल गए। वह ज़ोर से हँसने ही वाला था कि छोटे ने उसके मुँह पर अपना छोटा-सा पंजा उठाकर ढक्कन-जैसा लगा दिया। तब बड़े ने उसकी सूझ की तारीफ़ में सिर हिलाया, एक हाथ से उसका हाथ अपने मुँह से हटाया और दूसरा हाथ पीछे ले जाकर झोले को अपनी ओर खींच लिया।

छोटे ने फुसफुसाकर कहा, "देख, क्या है?"

झोला खींच तो लिया था, पर बड़े की उँगलियाँ ठीक से चल नहीं रही थीं। मुश्किल से उसे खोल पाया।

ऊपर एक मैला तौलिया था। उसे धीरे से झटककर उसने ज़मीन पर डाल दिया। उसके नीचे एक कपड़े की छोटी-सी पोटली थी। उसे खोलने पर चार सूखी रोटियाँ मिलीं, एक बड़ा-सा प्याज भी। कपड़े के खूँट में एक गाँठ बँधी थी। खोलने पर नमक निकला।

"फेंक दे। रोटी कई दिन की बासी है।" छोटा वैसे ही फुसफुसाया। पर बड़ा बोला, "रहने दे। गरम कर लेंगे तो बुरी नहीं लगेंगी।"

सूखे चमड़े के टुकड़ों-जैसी इन रोटियों को दोनों गम्भीरता से देखते रहे। तब छोटे ने कहा, "यह तो हमसे भी ज़्यादा गरीब है।"

बड़ा बड़ी देर सोचता रहा, बोला, "पता नहीं क्या दुख है उसे, जो चार रोटी बाँधे बीहड़ों में भटक रही है।"

आगे के सामान की तलाशी उसने ज़्यादा कारगर उँगलियों से ली। एक काँसे का गिलास निकला, फिर एक तीन इंची शीशा और एक कंघा। बड़े ने शीशे में मुँह देखा, रोब से आँखें मत्थे पर चढ़ा लीं।

अब छोटे के हँसने की बारी थी, पर बड़े ने उसे हँसने नहीं दिया।

नीचे काग़ज़ में लिपटी हुई कोई चीज़ थी। छोटे ने बड़ी दिलचस्पी से कहा, "इसमें गुड़ होगा।"

"तमंचा।" बड़ा बोला और इस बार अपनी ही आवाज़ से सकपका गया।

वे अंग्रेज़ी जानते होते तो समझ जाते कि वह बत्तीस बोर का एक छोटा-सा स्मिथ एंड बेसन रिवाल्वर है। इस्पात का नीला-सा

ख़ूबसूरत खिलौना। उन्होंने गाँव में एकाध बार देसी कारतूसी तमंचे देखे थे। पर वे बहुत बड़े और बदरंग होते हैं। यह सचमुच ही खिलौना-जैसा प्यारा और चिकना था। उनके मन में आतंक था, पर उसका चिकनापन उन्हें मजबूर कर रहा था।

बड़े ने उसे कई बार बारी-बारी से दोनों हथेलियों में उलट-पलटकर देखा। तमंचा चलाने की मुद्रा में उसका हत्था भी एक बार हथेली में पकड़ा। तब तक छोटे का धीरज जवाब देने लगा। उसने भी हाथ बढ़ाकर बड़े की हथेलियों में बँधे हुए इस खिलौने को सहलाना शुरू किया।

तभी तमंचे से एक गोली छूटी और पता नहीं किधर गई। झुरमुट का सन्नाटा छिन्न-भिन्न हो गया। अचानक ऊपर के पेड़ों और झाड़ियों से सैकड़ों चिड़ियाँ चीख़ती हुई निकलीं और चारों ओर उड़ चलीं। वे उन चिड़ियों को देख नहीं सकते थे पर उनकी विकृत आवाज़ें, घबराहट और जड़ता के बावजूद, उन्हें सुनाई पड़ रही थीं। ज़्यादातर कौवे थे, उनसे भी ज़्यादा तोते थे।

रिवाल्वर उनके हाथ से नीचे गिर गया, उन्होंने एक-दूसरे के कन्धे भींच लिये। अचानक बड़े ने कहा, "उठ!"

सब कुछ वहीं, जैसे का तैसा, छोड़कर वे भागे। पर उसके पहले उन्हें कुछ देर पेट के बल घिसटना पड़ा। कोई दबाव था, जिसके कारण वे गाँव की ओर नहीं, बीहड़ की ओर भागे। झुरमुट पार करते-करते उन्हें दूर से अपने पीछे गोली चलने की आवाज़ें सुनाई दीं। वे झुके-झुके कुछ और तेज़ी से भागे और एक कम गहरे भरके में कूद गए। वहाँ उन्होंने रुक-रुककर दागी जानेवाली गोलियों की कई आवाज़ें सुनीं।

वे टेढ़े-मेढ़े भरकों में भागते हुए काफ़ी देर भटकते रहे। उन्हें हर तीसरे क़दम पर गोलियों की आवाज़ सुन पड़ती और बार-बार उन्हें लगता कि अगली गोली उनकी पीठ में लगेगी। बिना कुछ सोचे-विचारे, टोटका-जैसा करते हुए, वे अपनी हाफ पैंट की जेबों में भरी हुई घुँघची बीहड़ रास्ते में फेंकते गए। जब उनकी जेबें ख़ाली हो गईं तब उन्होंने चैन की साँस ली। पर गोलियों की आवाज़ें भरकों में अब भी गूँज रही थीं।

बड़ी देर तक लम्बा चक्कर काटकर वे एक भरके से गाँव के दूसरे छोर पर निकले और सबसे पासवाली झोंपड़ी में घुस गए। वहाँ उन्हें सुनने को गोलियाँ नहीं, गालियाँ मिलीं। जो बुड्ढा चारपाई पर सिकुड़ा पड़ा था, गालियाँ ख़त्म करके अन्त में बोला, "भाग जाओ। चुपचाप घर में बैठो जाकर।"

बदहवास चेहरे लिये, छिपे-छिपे एक से दूसरी दीवार का सहारा लेकर वे अपने घर पहुँचे। बाहर गलियारों में कोई न था। अन्दर सब लोग दुबके बैठे थे। रुक-रुककर चलनेवाली गोलियों की आवाज़ यहाँ ज़्यादा साफ़ सुनाई देती थी। सन्नाटा था, चिड़ियों ने चीख़ना बन्द कर दिया था। थोड़ी देर में उन्हें दूर किसी मोटर की घरघराहट सुनने को मिली। एक बुजुर्ग ने कहा, "पुलिस की दूसरी मोटर आई होगी।"

बुजुर्गों की बातों से पता चला कि आज भी दोपहर में पुलिस गाँव में आई थी। पर लौटते-लौटते उनका दस्ता जंगल के पास अचानक रुक गया। उन्होंने जंगल की तीन तरफ़ से घेराबन्दी कर ली है। पुलिस का एक जत्था अब बीहड़ की तरफ़ बढ़ रहा है। शुरू में एक गोली चलाकर डाकू जंगल में अब चुपचाप घात

लगाए बैठे हैं। लगता है कि मुठभेड़ घंटों चलेगी। जब डाकू भी जवाबी गोलियाँ चलाएँगे तो घमासान लड़ाई होगी। पर पुलिस को उन्हें अँधेरा होते-होते मार लेना चाहिए नहीं तो मुश्किल होगी। अँधेरा हो गया तो डाकू बीहड़ में कूद जाएँगे।

छोटे ने यह सब बड़े ध्यान से सुना। वह कुछ कहना चाहता था पर बड़े ने हाथ दबाकर उसे रोक दिया। कुछ देर में एक-दूसरे को चोर निगाहों से देखते हुए वे दहलीज पार करके अन्दर आँगन में चले आए।

मम्मीजी का गधा

1

विश्व-भूगोल में बाँसगाँव नामक एक तहसील है, जिसके निवासी बरसों से ट्रिनिडाड से लेकर बैंकाक तक फैले हुए हैं और जहाँ कहीं भी हैं, वे अपनी विद्या या अविद्या के लिए मशहूर हैं—विद्या के लिए कुछ ज़्यादा ही। कहीं भी वे अपने को पहचनवाए बिना नहीं रहते। जो विश्व-भूगोल नहीं जानते उनकी जानकारी के लिए : बाँसगाँव उत्तर प्रदेश के ज़िला गोरखपुर में है। इसी इलाक़े में हमारे गधे, अर्थात् बेटे ने जन्म लिया।

उसी बाँसगाँव के कविरत्न मन्नन द्विवेदी गजपुरी की एक कविता है :

गधा एक था मोटा ताज़ा,
बन बैठा वह बन का राजा।

कहीं शेर का चमड़ा पाया,
चट वैसा ही रूप बनाया।

इस शताब्दी के आरम्भ में, जब हिन्दी आलोचना 'सपाटबयानी' नामक शब्द से अछूती थी, इस बालोपयोगी कविता में बहुतों को सपाटबयानी और पंचतंत्र की नक़ल के दर्शन हुए होंगे, पर भारतीय इतिहास और जार्ज ऑर्वेल के इस 1984 में, जैसा कि इस कथा से सिद्ध होगा, इस कविता में न सपाटबयानी है, न किसी की नक़ल। आज यह उस माहौल की कविता है जिसमें गधा अपनी पोल खुल जाने पर भी गधेवाली स्थिति में नहीं लौटता। गुंडागर्दी, राजनीतिक धकापेल, पैसे की ताक़त या हाईकोर्ट या सुप्रीम कोर्ट के स्थगन-आदेश के बूते वह जिस्म से शेर की खाल खिसक जाने पर भी हमारे दरवाज़े शेर की ही तरह मुँह फाड़े बैठा रहता है।

बहरहाल, वहाँ तक जाने की ज़रूरत नहीं, यह सिर्फ़ हमारे बेटे की कथा है जिसे हम कभी प्यार से गधा कहते थे। वैसे यह किसी के भी बेटे की कहानी हो सकती है, पर उस 'किसी' की, या उसके बेटे की दुलत्ती के डर से मैंने अपने घर के गधे को ही अपना कथानायक बना लिया है।

2

हम पति-पत्नी बचपन में अपने बेटे के गुणों पर रीझकर कभी-कभी प्यार से उसे गधा कहने लगे थे। वह ज़िद्दी था, धीमा था, अकारण ज़ोर-ज़ोर से गाने का शौक़ीन था, मार खाकर भी मार

खाने की जगह से दूर न भागता था, झुंड में ख़ुश और अकेले में और भी ज़्यादा ख़ुश रहता था। वैशाखनन्दन तो वह था ही, यानी अप्रैल में पैदा हुआ था। गधों ही की तरह वह बरसात में दुखी और गर्मियों में ख़ुश रहता था। वैसे, यह गधोंवाली ख़सलत से नहीं, एक दूसरे कारण से था। कारण यह था कि बरसात में वह ज़्यादातर बीमार पड़ जाता, गर्मियों में अपनी माँ के साथ नैनीताल या रानीखेत की ख़ुशनुमा आबोहवा में पहुँच जाता था।

हमारा गधा, अधिकांश गधों की तरह, गाने का शौक़ीन तो था ही, गाता भी बहुत अच्छा था और हमारे पड़ोसी और मित्र जब हमें ख़ुश करना चाहते, हमेशा उसके गाने का ज़िक्र करते। शाम को सैर करने के लिए निकले पड़ोसियों के जोड़े जब बैठे-ठाले प्रेम निभाने के लिए हमारे यहाँ आकर यूँ ही बैठ जाते तो हम उन्हें यथाशीघ्र चलता करने के लिए चाय-बिस्कुट, ठंडे पेय आदि से उनका सत्कार करके अपने गधे बेटे को उनके आगे तुरन्त पेश कर देते, ताकि वे उससे गाने का आग्रह करके, उसका गाना सुनकर, फिर उसकी और उसके माता-पिता की सराहना करके और यह अच्छी तरह समझकर कि आज की शाम अब उन्हें हमसे कुछ लेना-देना नहीं रहा, पहले ही की तरह सड़क पर सैर के लिए निकल जाएँ।

उन्हीं दिनों की घटना है कि एक सायंकालीन मेहमान ने एक दिन घरेलूपन की झोंक में कहा, "बेटा गधे, एक गाना तो सुनाओ।"

तब वह चार साल का था। उसने बिगड़कर कहा, "मुझे गधा मत कहना, मैं तुम्हारा नहीं, सिर्फ़ मम्मीजी का गधा हूँ।"

3

ग़ौर करने की बात है कि हमारे गधे का यह वक्तव्य, लगभग पचीस साल बाद, भारतीय राजनीति का एक मार्गदर्शक सिद्धान्त—एक डाइरेक्टिव प्रिंसिपुल बन गया है।

उस वक़्त मेहमान ने, मैं सुन न सकूँ, इतनी धीमी आवाज़ में, पर मुझे ही सुनाने के लिए कहा, "बदतमीज़ है।" और फिर वे हीं-हीं-हीं-पूर्वक "घर पर मेहमान आनेवाले हैं" कहकर वापस चले गए।

ग़ौर करने की बात है कि हमारे मेहमान का भी वक्तव्य आज, लगभग पचीस वर्ष बाद, भारतीय राजनीति का एक-दूसरा मार्गदर्शक सिद्धान्त बन गया है।

4

मेरी पत्नी बहुत ख़ुश थी। उसे अख़बार पढ़ने का शौक़ था और सार्वजनिक जीवन में प्रतिदिन हज़ारों पढ़े-लिखे तमीज़दारों के बदतमीज़ी-भरे चतुर वक्तव्य पढ़ते-पढ़ते उसकी यह महत्त्वाकांक्षा हो गई थी कि उसका बेटा सिर्फ़ गधा न रहे, बदतमीज़ बन जाए। इसलिए हम लोगों ने उसकी पढ़ाई पर अन्धाधुन्ध ख़र्च किया, उसे उच्चकोटि की शिक्षा दिलाई, उसे विदेश भेजकर एक ऊँची तकनीकी डिग्री लेने का बढ़ावा दिया और वहाँ से लौटकर हमारा गधा प्रदेश के बिजली बोर्ड का एक तेज़तर्रार अफ़सर बन गया।

बदतमीज़ था, इसलिए उसे गशद्दूर होने, और उसी के साथ अपने वर्ग में लोकप्रिय बनने में देर नहीं लगी। उसकी लोकप्रियता तब और बढ़ी जब उसने नौकरी में आते ही एक आन्दोलन छेड़ दिया जो ऊँचे वर्गवालों के द्वारा, ऊँचे वर्गवालों के लिए ऊँचे वर्गवालों का आन्दोलन है। इसे 'जेनरलिस्ट वर्सेस स्पेशलिस्ट' या 'सामान्य प्रशासक बनाम विशेषज्ञ' का आन्दोलन कहा जाता है। हमारे बेटे ने नारा लगाया कि उसके संगठन से सभी जेनरलिस्टों को, जो कई ऊँचे ओहदों पर एक देशव्यापी षड्यंत्र के कारण और अंग्रेज़ी हुकूमत के भग्नावशेष के रूप में मौजूद है, बाहर निकाल दिया जाना चाहिए। अफ़सरों के नये ख़ून ने, जो हर आन्दोलन के लिए उबाल पर रहता है, इसका समर्थन किया और बाहर निकाले जाने की माँग में 'कान पकड़कर', 'धक्का देकर' और 'गरदनिया देकर' जैसे मुहावरे भी, अपनी स्थानीय बोली और संस्कृति के अनुसार, जोड़ दिए। आन्दोलन ज़ोर पकड़ता गया। और दोनों ओर से पढ़े-लिखे तमीज़दारों के बदतमीज़ी-भरे वक्तव्यों से सभी अख़बार गर्ध्वनित और कॉफ़ीहाउस गर्दभित होने लगे। सरकारी हेंहेंकार में हाहाकार फैल गया।

एक दिन मौक़ा पाकर, यानी अपने बेटे को गुनगुनाते हुए देखकर मैंने उससे कहा, "देखो भाई, (अब उसे गधा कहनेवाले दिन गुज़र चुके थे) यह सब क्या कर रहे हो? सवाल जेनरलिस्ट या स्पेशलिस्ट का नहीं है। कोई भी ओहदा किसी के लिए रिज़र्व न होना चाहिए। चाहे जेनरलिस्ट हो या स्पेशलिस्ट, जो जिस काम के लिए सबसे ज़्यादा मौज़ूँ हो, उसे उस पर जाना चाहिए।"

बेटे ने कहा, "यह जेनरलिस्टों की बड़ी पुरानी दलील है। यही

कहते हुए वे इतने सालों से हमें गधा बनाकर घर से घाट तक दौड़ा रहे हैं, ख़ुद मौज कर रहे हैं। जनता को...।"

मैंने समझाया, "बेटे, जनता की बात मत करो। वह तो तुम दोनों को एक-सा समझती है। दोनों ही दोनों हाथ से पैसा बटोरते हैं, दोनों ही एक-जैसी तरक़्क़ी के लिए हुड़कते हैं, दोनों ही जनता पर एक-सी चड्ढी गाँठते हैं, एक ही जैसे बँगलों में रहते हैं, एक ही-सी मोटर पर चढ़ते हैं...।"

बेटे ने कहा, "पापा, आपको समझाना बड़ा मुश्किल है। एक ही जैसे बँगलों में रहने, कार पर चढ़ने या घूस लेने से ही अगर सब एक-जैसे हो जाते हैं तो जनता अपने एम.एल.ए. को कलेक्टर और अपने कलेक्टर को एम.एल.ए. क्यों नहीं बना देती?"

5

अफ़सर बनने के बाद हमारे बेटे में पहली ख़ूबी तो यह आई, जिसे ऊपर बख़ूबी बयान कर चुका हूँ। दूसरी बात यह हुई कि उसे ब्रिज, बिलियर्ड, टेबल-टेनिस से लेकर नाटक, चित्रकला और दूसरी ललित कलाएँ अपने-आप आ गईं, जैसे कि हर अफ़सर को आ जाती हैं। संगीत तो वह जानता था ही। इसी के साथ, जैसे-जैसे 'जेनरलिस्ट बनाम स्पेशलिस्ट' आन्दोलन गहराता गया, उसने, हर अफ़सर की ही तरह, लेखकों, कवियों, नेताओं, दार्शनिकों, समाजसुधारकों, वैज्ञानिकों, पत्रकारों आदि-आदि पर बिना माँगे अपनी राय देना शुरू कर दिया और जिस दिन उसने कहा कि मैं प्रधानमंत्री की

किसी और धारणा से तो नहीं पर इससे ज़रूर सहमत हूँ कि यहाँ के पत्रकारों का कोई चरित्र नहीं है, उसका यह वक्तव्य, उसके फ़ोटो के साथ, पत्रकारों ने बड़े उत्साह से छापा। मेरे देखते-देखते कुछ ऐसा हो गया कि सामूहिक रूप से पत्रकारों की वह जितनी ही भर्त्सना करता, व्यक्तिगत रूप से पत्रकारों से उसके सम्बन्ध उतने ही मधुर होते गए। मैं समझ गया कि मेरे बेटे की बहुत-सी बातें सचमुच ही मेरी समझ से बाहर हैं।

तीसरी और सबसे बड़ी ख़ूबी उसमें यह आई कि उसे अचानक भैंसों, सुअरों और गधों से भारी नफ़रत हो गई।

6

अब, आज की शहरी ज़िन्दगी में भैंसों, सुअरों और गधों की एक विशेष हैसियत है और उसके बारे में कुछ साफ़-साफ़ कहना जोखिम की बात है। तो, इसे यूँ समझिए कि पिछले बीस-पचीस सालों में, ख़ासतौर से जब से सभी शहरों और क़स्बों के नगर-निगम और नगरपालिकाएँ प्रभुतासम्पन्न प्रशासकों के हाथ में चली गईं और जिसे 'स्थानीय स्वायत्त शासन' कहा जाता था, वह न स्थानीय रहा, न स्वायत्त, न शासन, तब से भैंसों, सुअरों और गधों के झुंड शहरों की हैसियत के प्रतीक बन गए हैं। गीता में समदर्शी की जो परिभाषा दी गई है, यानी विद्याविनय-सम्पन्न ब्राह्मण, गाय, हाथी, कुत्ता, चांडाल; इन सबको तत्त्वदर्शी एक समान देखता है, वही अब अधिकांश शहरों के प्रशासकों का भी जीवनदर्शन है। तभी चौराहे के सिपाही

के पतलून पर भैंस अपनी सींग रगड़ती है और सड़क पर स्कूटरों के आगे गधे, गवर्नर की गाड़ी के आगे पायलट की तरह चौकड़ी भरते हुए चलते हैं। अच्छे-से-अच्छे मुहल्लों, सड़कों, ख़ूबसूरत पार्कों और तंग गलियों से लेकर शानदार बँगलों के फाटकों तक पर भैंसों, सुअरों और गधों का क़ब्ज़ा है। इसके पीछे नगर-प्रशासकों का यह समाज-दर्शन है कि सबको सर्वत्र सबके साथ रहने का हक़ है, और इसे कार्यान्वित करने का उनका तरीक़ा यह है कि अगर तुम छोटे को ऊँचा करके बड़े के बराबर नहीं ला सकते तो बड़े की गर्दन छाँटकर उसे छोटे के बराबर तो कर ही सकते हो। उन्होंने नगर-विकास के विषय पर जो पहली पोथी पढ़ी है, उसका पहला पाठ है : शहर उस सुअरबाड़े को कहते हैं जिसके बीच भैंसियाना हो और जो ख़ुद एक बड़े गधेघर के बीच में हो, उसी में कहीं चौराहे पर सन्तोषी माता या हनुमानजी की सात दिन पुरानी मठिया हो तो वह धार्मिक शहर, और उन्हीं के साथ कहीं-कहीं पाँच दिन पुराने पीरों के मज़ार हों तो वह धर्मनिरपेक्ष शहर कहलाता है।

माना कि यह विषयान्तर है पर विषयान्तर न हो तो विषय पर आएँगे कहाँ से? बहरहाल, यह स्पष्ट हो जाना चाहिए कि इस सबमें कुसूर भैंस, सुअर या गधे के मालिकों का नहीं है, अगर यह कुसूर है तो ज़्यादातर उन्हीं का है जिनके पास भैंस, सुअर या गधे नहीं हैं। शहरी ज़िन्दगी ही कुछ ऐसी है जिसका इनके बिना गुज़ारा नहीं।

कोई चरक नाम के आयुर्वेद के विद्वान् हुए हैं—शायद वही है या कोई और हों—जिन्होंने हिन्दुस्तानियों की खोपड़ी में धारोष्ण दुग्ध के लिए अपार श्रद्धा भर दी है। इसलिए बोतल का मशीनी दूध न

लेकर जब हम बाल्टी हिलाते हुए धारोष्ण दूध के लिए भैंसियाने की ओर जाते हैं, तो हमारी चाल के अनुपात से भैंसों का 'कल्ट' तरक़्क़ी करता है। गोबर और मूत और कीचड़ से भरे हुए किसी भी पार्क में—जिसे भैंस-पालकों ने नगर-प्रशासकों के सौन्दर्यीकरण की चपेट से कल ही छुड़ाया होगा—या सिविल लाइन्स की किसी भी चौड़ी सड़क के किनारे, खूँटे से बँधी हुई भैंस आपको धारोष्ण दूध देती है। इससे बल, विद्या, बुद्धि, दीर्घायुष्य आदि की प्राप्ति होती है। जो शाकाहारी नहीं हैं, वे यही तर्क सुअरों पर भी लागू कर सकते हैं, और शाकाहारी और गैरशाकाहारी मिलकर कुछ ऐसे ही तर्क गधों पर लागू करते हैं।

ख़ासतौर से गधों पर। क्योंकि, जब और जहाँ सफ़ेदपोश हैं, तब और तहाँ धोबी हैं, और जहाँ धोबी है, वहाँ गधा है। इसीलिए जितनी तेज़ी से सफ़ेदपोश और उनके मुहल्ले बढ़ रहे हैं, उतनी ही तेज़ी से भैंस, सुअर और ख़ासतौर से, गधे भी।

7

बात कुछ समाजशास्त्र की ओर मुड़ गई थी। अब, मूल कथा। हमारा बेटा पच्छिम जर्मनी में कई साल बिताकर लौटा था और प्रदेश के बिजली बोर्ड का अफ़सर बन गया था। वह शहर के एक नये बसे मुहल्ले के एक बड़े बँगले में रहता था। जर्मनी से लौटने के बाद उसे कई दिन यहाँ पर सड़कों की भीड़, मनमानी सवारियाँ, मुर्दा पर बिना-दफ़नाये टेलीफ़ोनों और पान की दुकानों से ख़ासी शिकायत रही। फिर वैसी ही शिकायत नागरिकों की

रुहानी और जिस्मानी तन्दुरुस्ती से, या उसकी नामौजूदगी से हो गई। वह कहने लगा, "हमारे देश का आदमी ही-ही-ही-ही करते हुए भी ख़ुश नहीं नज़र आता है। सड़क पर हो या दफ़्तर में, दुकान पर हो या मकान में, वह कुछ बिगड़ा-सा, कुछ उखड़ा-सा, कुछ खौखियाया-सा, और कुछ नहीं तो गुम-सुम नज़र आता है।"

मैंने उसे एकाध नये होटलों में जाने की सलाह दी जहाँ नौजवान लड़के-लड़कियाँ डिस्को नाच नाचते थे, दारू पीते थे और उतने ही ख़ुश नज़र आते थे जितने कि दूरदर्शन के विज्ञापनों में ठंडे पेय पीनेवाली लड़कियाँ और लड़के जो सिर्फ़ समुद्र में जल-विहार करते हैं, हवाई जहाज़ की तरह मोटरसाइकिलें चलाते हैं और एक चुल्लू-भर रंगीन पानीवाली बोतल चूसते हुए स्वास्थ्य, सौन्दर्य और स्वतंत्रता के ऐसे प्रतिमान स्थापित करते हैं जो पिक-अप या पेप्सी कोलावालों का चरम स्वप्न है। पर मेरे बेटे ने इस पर भी मुँह बनाया, कहा, "पापा, इन चार फ़ुट साढ़े ग्यारह इंच लम्बी लड़कियों और मुट्ठी-भर सीनेवाले लड़कों को नाचते देखकर मुझे अपने देश पर तरस आता है। इन्हें पाँच सौ मीटर दौड़ा दीजिए तो गश खा जाएँगे। इन्हें फलों के रस और विटामिनों की ज़रूरत है।"

नौजवानों की हालत और उनकी तन्दुरुस्ती इतनी गिरी है, यह बीस-सूत्रवालों ने आज तक किसी भी स्पीच में नहीं कहा, दूरदर्शन पर भी युवाशक्ति के ऐसे उन्मुक्त, पगलैट नाच-गाने देखने को मिलते रहे हैं कि मैं अपने बेटे के इस निराशाजनक निष्कर्ष से सहमत नहीं हुआ। पर वह ख़ुद छह फ़ुट लम्बा और काफ़ी तगड़ा था और जर्मनी के पेटूपन का असर लेकर आया था, इसलिए मैंने उससे बहस नहीं की। पर उसकी बातों से इतना तो समझ ही गया

कि वह क्यों अपने बँगले में किसी भी तरह की कुरूपता, कमज़ोरी और फूहड़पन का निशान नहीं देखना चाहता। यह सही है, कुछ ही दिनों में उसका बँगला ख़ूबसूरती, सुव्यवस्था, संगीत, कलाप्रेम आदि-आदि की, यानी पूँजीवादी उपभोक्तावादात्मक विशिष्टतावादिता की बूर्ज़्वा रंगस्थली बन गया। इतना तो हो ही गया कि बाहर उसे अपना देश चाहे जितना फूहड़, फटीचर और कमज़ोर दिखे, घर आकर, इस दूसरे हिन्दुस्तान में, वह उसे आसानी से भूल सकता था। तभी फाटक में घुसते ही मिलते थे चित्र-विचित्र पेड़, लतरें, फूल-पौधे, मख़मली लॉन, करीने की रविशें और अन्दर ड्राइंगरूम में गहरी हरियाली की फुफकार-जैसी मारती गमलों की वनस्पतियाँ, दीवारों पर टँगे चित्र, फ़र्श पर हाथ के बुने क़ीमती क़ालीन, अदृश्य स्पीकरों से निकलती रविशंकरी या पच्छिमी संगीत की धुनें।

यह और बात है कि फाटक के बाहर सड़क पर घूमते सुअरों के विशाल झुंड, उनकी मर्मान्तक चीख़ें, गधों का कर्कश सी-पों-सी-पोंकार, सारे जग से उदासीन भैंसों का जमाव, उनके बीच से निकलते ट्रकों के हाहाकारी हॉर्न, स्कूटरों की पिर्र-पिर्र, रिक्शों की किर्र-किर्र नगर को बराबर नागरिकता की सागरिकता में समेटे रहतीं।

8

तभी फाटक के अन्दर गधे का प्रवेश।

फाटक के अन्दर जब गधे ने प्रवेश किया, मेरा बेटा अपने बेड-रूम में फ़र्श पर बिछे क़ालीन के ऊपर काग़ज़ फैलाए एक

स्मृतिपत्र की दुरुस्ती कर रहा था। यह एक सौ इकहत्तर पृष्ठ का एक पत्र था जो दो दिन बाद मुख्यमंत्री को दिया जाना था और जिसमें अनेक तर्कों, पूर्वदृष्टान्तों, सैद्धान्तिक विवेचनों और ऐतिहासिक विवरण और विश्लेषण से युक्त उद्धरणों द्वारा यह माँग की गई थी कि सचिवालय के बिजली मंत्रालय में सचिव के पद पर किसी सामान्य प्रशासक की नहीं, बल्कि एक तकनीकी विशेषज्ञ की नियुक्ति होनी चाहिए। चूँकि मैं एक भूतपूर्व सामान्य प्रशासक हूँ, इसलिए इसके कुछ ज़ोरदार अंश मेरे बेटे ने मुझे विशेष रस लेकर सुनाए थे और चूँकि मैं अपने बेटे की प्रतिबद्धता जानता था और ख़ुद किसी से भी प्रतिबद्ध न था, और चूँकि मैंने ट्वीडिल्डम और ट्वीडिल्डी की कहानी भी बहुत पहले से पढ़ रखी थी, इसलिए अपने बेटे की प्रच्छन्न चुनौती को नज़रअन्दाज़ करके मैंने उसे सुन-भर लिया था, किसी बहस में नहीं पड़ा था। बहरहाल, मेरा बेटा अपने बेडरूम में और उसके ड्राइंगरूम में था तभी हमने बिलकुल अपनी खोपड़ी पर गधे की खुले गलेवाली, भूमिका रहित, सीपों-सीपों सुनी।

माली का छोटा लड़का बाहर लॉन में काम कर रहा था। उसने गधे को अन्दर आते न देखा होगा, देखा भी होगा तो उसे एक मामूली आमद-रफ़्त का दृश्य-भर मानकर देखा होगा। सी-पों-सी-पों की विस्फोट-भरी आवाज़ सुनकर एक क्षण के लिए मैं सुन्न-जैसा हो गया, फिर उछलकर बाहर बरामदे में आया; मेरा बेटा मेरे साथ ही दूसरी ओर से बरामदे में आ गया था। उसकी युद्ध-गर्जना से माली और उसका छोटा बेटा दो विपरीत दिशाओं से गधे की ओर लपके।

गधा उस समय ब्राज़ील से मँगाए गए एक दुर्लभ पौधे पर मुँह मार रहा था। माली और माली-पुत्र गधे के पास तक तेज़ी से आए, फिर यह देखकर कि उनके हाथ में कुछ भी नहीं है, ठिठके। उधर ब्राज़ील की वनस्पति पर गधावाद हावी हो चला था। मेरे लड़के ने, चीख़ना बन्द किए बिना, एक ख़ाली गमला उठाकर गधे पर फेंका। वह, यानी गमला, चूर-चूर हो गया और उसका एक टुकड़ा माली की पीठ पर लगा जो लॉन से एक खुरपा उठाने के लिए झुक रहा था। पलटकर माली ने गधे की ओर इस तरह देखा जैसे उसकी पीठ पर दुलत्ती लगी हो और खुरपा लेकर उसे खदेड़ने को दौड़ा।

पर उसकी ज़रूरत न थी। गधा पहले ही भाग चुका था, यह और बात है कि फाटक की ओर भागने की बजाय पहले वह लॉन की ओर भागा था। पहले वह धीरे-धीरे, फिर दुम उठाकर चौकड़ी भरते हुए भागा था, फिर चारों ओर से बढ़ते हुए शोरगुल से घबराकर लॉन में अपनी दौड़ से वृत्त, त्रिकोण, चतुष्कोण आदि बनाते हुए, कई पौधों को रौंदता, कई गमलों को तोड़ता, किसी ख़ास दिशा को अपना लक्ष्य न समझने के बावजूद, सही लक्ष्य की, यानी फाटक की ओर, फिर फाटक से बाहर भागता चला गया था।

9

इसके बाद गधा बँगले में परक गया, ज़रा भी फाटक खुला छूट जाए तो अन्दर आ जाता था। लगता था, ब्राज़ील की वह वनस्पति

उसे ख़ासतौर से भा गई थी। उसे बाहर भगाने में दो-चार सेकंड की देर हो जाए, तब भी वह किसी दूसरे पौधे पर मुँह नहीं मारता था, उसी विदेशी माल की ओर निष्ठापूर्वक बढ़ता रहता था। डंडे खाकर भी वह फाटक के बाहर बड़ी अनिच्छा से ही निकलता। यह भी था कि अब हर बार उसके प्रवेश पर वह पहलेवाला शोरगुल नहीं मचता था क्योंकि पहली बार के बाद गधे ने अपने प्रवेश की घोषणा में सी-पों सी-पों करना बन्द कर दिया था। और शोरगुल मचाने के लिए हर बार उसके प्रवेश के समय हमारे बेटे वहाँ होते नहीं थे। पूरी रस्म माली और गधे के बीच की रह गई थी; वह आता था, यह भगा देता था।

मेरे बेटे के लिए यह सिर्फ़ एक छुट्टा जानवर की समस्या न थी। गधे के बँगले में आ जाने से फूल-पौधों को ख़तरा हो, सिर्फ़ इतना न था। जब वह फाटक के अन्दर धावा बोलता तो वह हमारे बेटे की सौम्यता, उसके कलाबोध, उसके सौन्दर्यबोध पर भी धावा बोलता था। उसने माली को डाँटा, बँगले पर रहनेवाले एक चपरासी को भी, कि गधे की शिकायत उसके मालिक से की जाए, उसे बता दिया जाए कि गधे को उसने बाँधकर नहीं रखा तो उसे गोली मार दूँगा। पर गधे के मालिक का किसी भी तरह पता नहीं चला।

यह रोज़-रोज़ का क़िस्सा हो गया। गधे पर कई बार लाठियाँ भी टूटीं, पर गधा गधा ही रहा, मालिक लापता बना रहा। मेरा बेटा अब माली और दूसरे सरकारी भृत्य-वर्ग पर नाराज़ होने लगा। फाटक खुला क्यों रह जाता है? बँगले की सारी सुख-शान्ति छोटी-छोटी चिड़ियों की तरह इस प्रश्नरूपी अजगर के चारों ओर चूँ-चूँ करने लगी।

अचानक एक दिन माली की दहाड़ सुनकर मेरा बेटा बाहर बरामदे में उछलकर आया। लाठियों की तड़ातड़ के बावजूद गधा ब्राज़ीलवाले पौधों को अपने मज़बूत जबड़ों में जकड़कर झटके दे रहा था। पर लैटिन अमरीका के देश ऐसे गुरिल्ला हमलों के आगे आसानी से नहीं टूटते। यह वह दिन था जब जेनरलिस्ट बनाम स्पेशलिस्ट की बहस अपनी चरम सीमा पर थी, मेरा बेटा एक शिष्टमंडल लेकर शाम को मुख्यमंत्री से मिलने जा रहा था। तनाव का जो भी कारण हो, वह घर के अन्दर गया, बन्दूक़ लेकर बाहर आया और लाठियों की चोट से फाटक की ओर दुलकी चाल में भागते हुए गधे पर उसने बन्दूक़ चला दी। गधा वहीं फाटक पर ढेर हो गया। सड़क के गधापन और बँगले की नफ़ासत के बीच वह एक पुल बनकर पड़ा रहा।

10

गधे के मरते ही उसके मालिक को पता चल गया। वह दो-चार लोगों के साथ आया, उसके साथवाले मेरे बेटे से गरम होने लगे। गधे का मालिक एक पुराने ज़माने का धोबी था, उसने अंग्रेज़ों के ज़माने के एक अंग्रेज़ कमिश्नर के बँगले में पचीस साल गुज़ारे थे। अब वृद्ध होकर वह रडयार्ड किप्लिंग का एक पात्र भर रह गया था जिसकी पूँजी थी सिर्फ़ सौ-पचास अंग्रेज़ी के शब्द, उसकी विनम्रता और यह गधा। इसलिए जब उसके साथी गरम हो रहे थे और मेरा बेटा न नरम-न गरम, तब धोबी का रुख़ बहुत नरम

था। उसकी बातचीत में ग़रीबी, और उसके गधाहीन जीवन के डरावनेपन का बार-बार ज़िक्र आने लगा। आख़िर में हमारे बेटे धोबी को गधे का मुआवज़ा देने को तैयार हो गए, जो रक़म तय हुई वह गरम-दल को भी नाकाफ़ी नहीं लगी।

तभी हमारे बेटे की क़िस्मत ने पलटा खाया।

बँगले पर अचानक डेढ़-दो सौ जनता आकर जमा हो गई। उनका नेता एक खादी की बुश्शर्ट और पतलूनवाला नौजवान था जो 'अफ़सरशाही नहीं चलेगी, नहीं चलेगी' का नारा लगा रहा था। जनता भी उसी के साथ चीख़ रही थी, लोगों के मुँह से फिचकुर निकल रहा था, जोश और गुस्सा और विरोध और विद्रोह और क्रान्ति—सभी कुछ था। शोरगुल, पुलिस के निकम्मेपन पर गालियाँ—यह सब एक घंटे तक चलता रहा। बड़ी मुश्किल से धोबी के साथ का नरमदलवाला आदमी उन्हें समझा सका, "साहब गधे की क़ीमत देने को तैयार हैं।"

"कौन साला साहब और कैसी साली क़ीमत!"

"यह भी कोई बस का मुसाफ़िर है कि टक्कर लगी, मर गया और घरवाले तीन हज़ार का मुआवज़ा लेकर बैठ गए?"

धीरे-धीरे पुलिस आई, उनके हथियारबन्द दस्ते भी, फिर कुछ और ज़नता, फिर कुछ और। फिर ख़बर आई कि हज़ार-दो हज़ार लोगों ने थाने का घेराव कर रखा है। अगर इस साहब के बच्चे को मुअत्तल नहीं किया गया, उसे गिरफ़्तार नहीं किया, उस पर मुक़दमा नहीं चला तो गधे की लाश वहीं पड़ी रहेगी, किसी को उठाने न दिया जाएगा, बँगले में आग लगा दी जाएगी, थाना फूँक दिया जाएगा। थोड़ी देर में पुलिस कप्तान और कलेक्टर थाने से

बँगले तक और बँगले से थाने तक का चक्कर काटते हुए मामले का हल खोजने लगे। उन्होंने धोबी से बात करनी चाही, पर नेता ने गरजकर कहा कि बात मैं करूँगा। धोबी के दूसरे साथी पहले ही कहीं जनता में खो गए थे। धोबी ने कहा कि जैसा नेताजी कहें वही ठीक है।

11

अफ़सरशाही का विरोधी, खादी की बुश्शर्ट और कमीज़वाला यह नेता किस पार्टी का था, यह तो पता नहीं क्योंकि वह पार्टी हर चौथे महीने बदल देता था, पर इन दिनों वह सत्तारूढ़ पार्टी के नज़दीक आनेवाला था और यही उसकी सत्ता का स्रोत था।

पर उसकी सत्ता का असली स्रोत था ऐसे नेताओं का एक बड़ा ही लोकप्रिय व्यवसाय—ज़मीन की हेराफेरी। इसमें वह इतना बड़ा नेता तो नहीं था कि पटना स्टेशन पर रेलवे प्लेटफ़ॉर्म या वहाँ के विश्वविद्यालय की इमारत किसी को बेच देता, पर इतना ज़रूर था कि एक नई सरकारी कॉलोनी के लिए जो ज़मीन ली जानेवाली थी उसे उसने पहले ही एक की तरफ़ से दूसरों के हाथ बेचकर बड़े-बड़े मुहल्ले बसा डाले थे। कभी-कभी तो यह भी हुआ था कि ज़मीन के मालिक ने सरकारी कॉलोनी के लिए ज़मीन का मुआवज़ा सरकार से पाकर सरकार को क़ब्ज़ा दे दिया, और उसी के साथ, नेता की मदद से वह ज़मीन दूसरे को भी बेच दी। इस तरह, ज़मीन का मुआवज़ा देकर सरकारी लोग

जब वहाँ मकान बनवाने को पहुँचते तो देखते, वहाँ पहले ही से सुभाषनगर बसा हुआ है।

सरकारी आदमी कुछ दिनों बाद जिस दूसरी ज़मीन पर पहुँचे वहाँ भी एक मुहल्ला बस गया था : गांधीनगर। नेता इसी तरह अम्बेडकरनगर, पटेलनगर, लोहियानगर, जवाहरनगर और कमलानगर बनवा चुका था। अब वह नगर से विहार पर उतर आया था। सड़क के किनारे-किनारे ख़ाली ज़मीन पर अब जो मुहल्ले बसे थे उनके नाम थे इन्दिरा विहार, संजय विहार, राजीव विहार। ख़ुद नेता अब जहाँ सड़क की पटरी पर छह फ़ुट बढ़कर दुकानों, ढाबों और ऊपर की मंज़िलों में एक होटल से लैस कोठी बनवा रहा था, उस मुहल्ले का नाम था वरुण विहार। उसका नाम बदलकर अब सोनिया विहार रख दिया गया था। इसमें सिर्फ़ साइनबोर्ड का ख़र्चा था।

ये सब मुहल्ले उस क़ानून के अन्तर्गत बने थे जिसकी पोथी सिर्फ़ नेताओं के पास होती है। सभी पूछते थे कि सुभाषनगर के वरुण विहार (उर्फ़ सोनिया विहार) तक इतने मुहल्ले, बिना नगर निगम की इजाज़त के, बिना विकास प्राधिकरण से पूछे सरकारी आवास परिषद् की ज़मीन पर पहले ही से कैसे बन गए, पर इसका जवाब सिर्फ़ उस पोथी में था जो नेता के पास थी। बिना पोथी के भी उसका जवाब था—जनता है। कहाँ जाए? ग़ैरक़ानूनी बात हो रही है? तो गिरवा दो इन्दिरा विहार को, गिरवा दो लोहिया नगर को।

इन ग़ैरक़ानूनी मुहल्लों में जहाँ-जहाँ चुराकर बिजली लगाई गई थी, वहाँ हमारे बेटे ने कुछ छेड़छाड़ की थी। दो-ढाई सौ मकानों को बिजली के कनेक्शन देने के मामले में उसने माँग की थी—नगर

विकास प्राधिकरण से सनद आनी चाहिए कि वहाँ उनका नक़्शा पास हो चुका है या नहीं। घपले में फँसे इन मकानों में पूरा-का-पूरा वरुण विहार उर्फ़ सोनिया विहार भी आ गया था। मेरे बेटे ने नेता के पेट पर लात मारना चाहा था, इसीलिए यह मुर्दा गधा अब ख़ुद उसकी कमर पर दुलत्ती झाड़ रहा था।

गधे की लाश पर अफ़सरशाही की चिता जलनी चाहिए, जिसकी चिनगारी से पुलिस थाने को भस्म होना चाहिए—इस मुद्दे पर पूरे दिन ऊपर-ही-ऊपर जो भी बहसें हुई हों, नतीजा यह हुआ : हमारा गधा, यानी बेटा मुअत्तल। उस पर थाने में रिपोर्ट दर्ज। वह गिरफ़्तार। पुलिस से उसकी ज़मानत नहीं। शाम को कोई भी मजिस्ट्रेट ज़मानत की दरख़ास्त के लिए न घर में, न बाज़ार में, न क्लब में, न पब में—कहीं भी मौजूद नहीं। उसकी बन्दूक़ पुलिस के मालख़ाने में। उसका लाइसेंस मन्सूख़। थाने का घेराव समाप्त। बँगले से गधे की अरथी का एक ट्रक पर गाजे-बाजे के साथ श्मशान की ओर पदार्पण। जिसका गधा मर गया था, वह अब न घर का, न घाट का।

12

दूसरे दिन सवेरे अख़बारों में मोटी सुर्ख़ियाँ थीं : जेनरलिस्ट बनाम स्पेशलिस्ट झगड़े का नया मोड़। बिजली अभियन्ता संघ का संयुक्त सचिव गिरफ़्तार : प्रशासकों के षड्यंत्र का शिकार। मैंने सोचा, अब पत्रकारों के आचरण पर प्रधानमंत्री की राय से सहमत होने

की बारी प्रशासकों की है। हमारे बेटे ग्यारह बजे दिन तक ज़मानत पर छूटकर जब घर आए तो मुझे मालूम हुआ कि उन्हें रात को ही, किसी मिनिस्टर के फ़ोन करने पर, हवालात से छोड़ा जा रहा था पर उन्होंने इनकार कर दिया था; वे पुलिस की हमदर्दी नहीं चाहते थे, वे बाक़ायदा कोर्ट में ज़मानत देकर आए हैं।

तब तक, सवेरे से ही, प्रदेश पर क़हर टूट चुका था। प्रादेशिक बिजली अभियन्ता संघ और बिजली कर्मचारी संघ ने प्रदेशव्यापी हड़ताल का ऐलान ही नहीं किया था, शुरू भी कर दी थी। सवाल सिर्फ़ गधे की मौत का, या उसके बारे में मेरे बेटे की गिरफ़्तारी का न था, यह जेनरलिस्टों द्वारा एक विशेषज्ञ के ख़िलाफ़ षड्यंत्र का, उसकी बेइज़्ज़ती का, उस पर की गई ज़्यादती का था। एक रात हवालात में बिताते ही हमारा बेटा एक साथ शहीद, हीरो, बड़ा नेता और सारे तकनीकी वर्ग की एकता का प्रतीक बन गया। दोपहर होते-होते डॉक्टरों ने भी हड़ताल कर दी। उसके घंटे-भर बाद ही परिवहन सेवाओं ने। बस ड्राइवरों और क्लीनरों का बिजलीवालों से क्या वास्ता? यह न पूछिए। वास्ता तो वकीलों का भी न था, पर जब सबके साथ वन विभागवालों ने हड़ताल की तो कचहरी में वकीलों ने भी हड़ताल कर दी। और विश्वविद्यालयों के सारे अध्यापक तो पहले से ही हड़ताल पर थे। शाम तक ख़बर फैली कि सफ़ाई मज़दूर भी हड़ताल करेंगे, और उनके साथ पूरे प्रदेश के दवाफ़रोश भी। फिर तो चारों ओर आतंक छा गया। आसपास के गाँवों से दूध बेचने आनेवाले रात को शहर ही में रुक गए, उन्हें भय था कि विद्यार्थी लोग रास्ते में उन्हें साइकिलों समेत सड़क पर लूट लेंगे और रिक्शेवाले अपने-अपने घरों में दुबक रहे

ताकि शहरी गुंडे उन्हें हड़काकर रात-भर मुफ़्त में सैर न करते रहें। हवाई अड्डे पर एक हवाई जहाज़ में बम होने की अफ़वाह भी उड़ी, पर यह बात झूठ निकली। सच पूछिए तो दो-चार दिन सारे प्रदेश में 'भेड़िया आया' 'भेड़िया आया' वाला माहौल बना रहा।

13

बस, गधे की कहानी यहीं ख़त्म हुई।

दो-एक बातें जो बची हैं, वह यह हैं। इस प्रदेशव्यापी महाक्रान्ति के बाद हमारा बेटा अपने संघ का अध्यक्ष और अखिल भारतीय संघ का महामंत्री बन गया है। वह अब जेनरलिस्टों को, अपने पद की मर्यादा के अनुकूल, और भी ज़्यादा नापसन्द करता है।

फिर भी, इस पूरी महाक्रान्ति के बावजूद, सामान्य प्रशासक पूरे झगड़े से अछूते रहे। उन्होंने कुछ ऐसा किया कि यह बिजली अभियन्ता संघ और मुख्यमंत्री समेत उनकी सरकार के बीच का ही मामला बना रहा, और वे यानी सामान्य प्रशासक दोनों पक्षों के झगड़े के दर्शक और उनके मित्र, दार्शनिक, मार्गप्रदर्शक-भर बने रहे। बाद में जो समझौता हुआ, वह भी बिजलीमंत्री और बिजली अभियन्ता संघ के बीच हुआ, और सामान्य प्रशासकों का काम था सिर्फ़ दोनों पक्षों का हौसला बढ़ाना, मेरे बेटे के बुद्धिमत्तापूर्ण आवेश और आवेशपूर्ण बुद्धिमत्ता की प्रशंसा करना और बिजलीमंत्री की सूझबूझ, धैर्य और घोर अपमानजनक वातावरण में समभाव से सब कुछ झेलने की उनकी ऊर्जा का गुणानुवाद गाना। वैसे,

दोनों पक्षों में जो समझौता हुआ, उसका विवरण दोनों पक्षों से पूछकर तैयार करना और उस पर दोनों पक्षों के दस्तख़त कराना भी सामान्य प्रशासकों का ही काम था।

पर पूरे झमेले में जो सबसे ज़्यादा उभरा वह हमारा गधा बेटा था। मेरे बेटे का अब बड़ा रुतबा है। वह अपने इशारे से सारे चक्के जाम करा सकता है, बड़े-बड़े सरकारी तीसमारख़ाँ उसके नाम से दहलते हैं, सड़क का आदमी अख़बार में सबसे पहले यही टटोलता है कि आज उसने कहा क्या है। आज दिल्ली के दस सांसदों ने मिलकर उससे राज्यसभा में आने का, और अपनी पार्टी के हाईकमान से उसे राज्यसभा में बुलाने का अनुरोध किया है। पर हमारा बेटा अभी नौकरी करेगा क्योंकि यहाँ भी अब उसे बिना कोई काम किए पूरी तनख़्वाह मिलती है। प्रसंगतः, सुभाषनगर-सोनिया विहार क्षेत्र का वह नेता इन दस सांसदों में से एक के उपनेता के उपनेता का उपनेता है। अतः वह अब मेरे बेटे को अपना वृद्धप्रपितानेता मानने लगा है।

14

पर हमारे धोबी की राय कुछ और है। उसका कहना है कि छोटे बाबू ने एक गधे पर भले ही बन्दूक़ चला दी हो, शहर के सारे गधे आज भी उन्हीं के रहमोकरम पर ज़िन्दा हैं।

धोबी ने कहा, "देखिए न, छोटे बाबू छह महीने में अब तक छह बार बिजली की हड़तालें करा चुके हैं। लम्बी-लम्बी हड़तालें।

अब, टेरिलीन-टेरीकॉट के ज़माने में हम धोबी लोग तो ऐसे ही तबाह हैं, इस्तरी करके कुछ काम चल जाता है। बिलकुल नाइयों की-सी हालत है। लोग लम्बे-लम्बे बाल रखने लगे हैं। हजामत कम बनती है। पर बालों की रँगाई बढ़ गई है। उसी से वे ज़िन्दा हैं। वही हालत हमारी इस्तरी की है।

"तो छोटे बाबू जैसे ही बिजली की हड़ताल कराते हैं, सारी लांडरियाँ बेकार हो जाती हैं। घरों में बिजली की इस्तरी ठंडी पड़ जाती है।"

"तब क्या होता है?"

"यह होता है कि हमारे यहाँ आपके कपड़ों का अम्बार लगने लगता है। पुराने दिनों की तरह गधे पर लादी लादकर हम घाट पर जाते हैं, लौटकर कोयले की इस्तरी दहकाकर 'आयरनिंग' करते हैं। छोटे बाबू के करम से जब हमारा कारोबार फूलता-फलता है तो हमारे गधे की क़िस्मत भी उसी के साथ चमक उठती है। हमारे गधे जानते हैं कि वे छोटे बाबू की मेहरबानी पर ही जी रहे हैं।"

गरज़ यह कि हमारे बेटे ने शेर की चाहे जितनी चमकीली खाल पहन रखी हो, हमारे धोबी की निगाह में रहे वे गधे के गधे ही।

15

राज्यसभा की मेम्बरी को अपने मुफ़्त चार चपरासी, मुफ़्त कार, मुफ़्त यात्रा, मुफ़्त तनख़्वाहवाली नौकरी से छोटा समझकर उसे ठुकरा देने के बाद, एक दिन उसे प्रदेश के चीफ़ सेक्रेटरी ने शाम को

खाने पर बुलाया और वहाँ उसने, व्हिस्की की जगह अपनी छवि बनाने के लिए सिर्फ़ अनन्नास का रस पिया। वहाँ से लौटकर मेरे बेटे ने अपनी मम्मी से कहा, कि मम्मीजी, देखो, अब मैं तुम्हारा भी गधा नहीं रहा।

क्या यह दस सांसद जो अकेले में भी पहले चारों ओर बड़े ग़ौर से सूनी दिशाएँ देखते हैं; और तभी डरते-डरते छींकते हैं, अपनी तबीयत से ही मेरे बेटे को अपना सहयोगी बनने के लिए आमंत्रित करेंगे, और पार्टी हाईकमान को सार्वजनिक रूप से ऐसा सुझाव देने की जुरअत दिखाएँगे? इसके पीछे कौन है?

इस विषय पर विचार करके मैंने कहा, "बेटा, यह सही है। यहाँ तक पहुँचकर तुम अपनी मम्मी के भी गधे नहीं रहे। पर वह कौन है जो इन दस सांसदों के मुँह से तुम्हें राजनीति के मैदान में दुलत्ती झाड़ने को बुला रहा है? मत भूलो, तुम्हें पता भी नहीं है और अनजाने ही तुम किसी दूसरे के गधे बन चुके हो। अब तुम ख़ुद पता लगाओ कि तुम्हें गधा बनाकर अपनानेवाले तुम्हारे नये पापा या नई मम्मी कौन हैं?"